新潮文庫

カフカ断片集

海辺の貝殻のようにうつろで、ひと足でふみつぶされそうだ

カフカ
頭木弘樹編訳

新潮社版

11907

カフカの主要な物語は断片であり、その作品の全体がひとつの断片である。

モーリス・ブランショ

目次

挿画　カフカ

カフカ断片集

海辺の貝殻のようにうつろで、ひと足でふみつぶされそうだ

（※凡例）

・カフカ自身がつけたタイトルは『 』でくくった。

・カフカの遺稿を発表したマックス・ブロートがつけたタイトルは「 」でくくった。

・タイトルのない作品には編訳者が仮のタイトルをつけ、その場合は〔 〕でくくった。

・カフカが文の途中で書きやめて、未完になっている断片もある。たとえばコンマで終わっていたり。そういう場合には、目印として文末に「……」をつけた。また、原文にピリオドがない場合は、訳文でも句点をつけていない。

『木々』

そう、わたしたちは雪原に立つ木々のようなものだ。
雪の上にのっかっているように見える。
ちょっと突いたら、すべって行きそうだ。
だが、そうはいかない。
地面にしっかりつながっているのだから。
いや、それもまた、そう見えるだけなのだ。

（小品集『観察』）

〔失敗することさえできない〕

家庭生活、友人関係、結婚、仕事、文学など、あらゆることに、わたしは失敗する。いや、失敗することさえできない。

（八つ折り判ノートH）

〔井戸《いど》〕

深い井戸。

桶《おけ》を引き上げるのに何年もかかる。

そして、上がってきたとたん、おまえが身をのりだすよりも早く、桶は下に落ちていく。

おまえが両手でつかんだとまだ思っているうちに、もう底のほうで桶が水面を打つ音がする。

いや、それすら聞こえない。


（青い学習ノート　1916年／1923年）

「こま」

ある哲学者が、子どもたちが遊んでいるまわりを、いつもうろうろしていた。こまを持っている子どもを見つけると、回す前から待ちかまえている。そして、こまが回りだしたとたん、こまのあとを追いかけて、つかまえようとする。子どもたちが騒ぎだして、こまに近づけないようにしようとしても、彼はまったく気にしない。まだ回っているあいだに、こまをつかまえることができたら、彼は幸福なのだ。

しかし、その幸福も一瞬のこと。すぐに彼はこまを地面に投げ捨てて、立ち去ってしまう。

どういうことかというと、彼はこう信じているのだ。たとえば回転するこまのような、どんな些細《ささい》なものであっても、それを認識することは、充分、普遍《ふへん》的な認識に通じるのだと。

だから、彼は大きな問題をあつかおうとはしなかった。むだなことに思われたからだ。きわめて些細なことでも、それを本当に認識すれば、すべてを認識したことになる。彼が回転するこまをひたすら追いかけているのは、そういうわけだった。

子どもがこまを回す準備をはじめるたびに、今度こそ成功するだろうと彼は希望を抱く。こまが回りだし、息を切らせながらそれを追いかけているうちに、希望は確信に変わる。しかし、手につかんだものは、ただの木のおもちゃにすぎず、彼は気分が悪くなる。

これまで聞こえていなかった子どもたちの騒ぐ声が、急に耳に入ってくるようになり、彼は追い立てられる。不器用に鞭《むち》でたたかれたこまのように、彼はよろめいた。

（創作ノート　1920年8月／12月）

〔言葉〕

言葉は、登るのが下手《へた》な登山家であり、掘るのが下手な採掘者だ。
山の高みからも、山の深みからも、宝をとってくることはできない。

（記念帳 1897年11月）

〔自分のなかの部屋〕

だれもが自分のなかにひとつの部屋をもっている。

そのことは音を聞くだけでもたしかめられる。

あたりが静まりかえっている夜などに、足早に歩いてから耳をすますと、きちんと固定されていない壁の鏡やランプシェードといったものが、かたかたと鳴るのが聞こえる。


（八つ折り判ノートB）

〔夜への怖《おそ》れ〕

夜への怖れ。夜でないことへの怖れ。

（八つ折り判ノートG）

〔テーブルの上の林檎《りんご》〕

たとえば、テーブルの上のひとつの林檎。
それを見るために、せいいっぱい背伸びしなければならない小さな子どもと、
それを手でつかんで、食卓にいる人たちに自由にさしだせる主人とでは、
同じ林檎でも見え方がちがう。

（八つ折り判ノートG）

〔儀式〕

豹《ひょう》が神殿に入りこんで、供物《くもつ》の壺《つぼ》を飲みほしてしまう。それが何度も何度もくり返されると、ついには、もうそうなるものと、あらかじめ予想できるようになる。すると、それが儀式の一部となるのだ。

（八つ折り判ノートG）

〔隣人までの距離〕

すぐとなりにいる人までの道のりが、わたしにとっては、とても長い。

（八つ折り判ノートH）

〔道に迷う〕

わたしはいつでも道に迷う。
森の中だが、ちゃんと道がある。
うっそうとした暗い森だが、道の上にはわずかな空も見える。
それでもわたしは、果てしなく、絶望的に、道に迷う。
しかもわたしは、一歩、道から外れると、たちまち千歩も森に入りこんでしまう。
よるべなくひとりだ。
このまま倒れて、ずっと倒れたままでいたい……

（創作ノート　1920年8月／12月）

〔太陽〕

人は太陽を指さして苦悩を否定するが、
彼は苦悩を指さして太陽を否定する。

（1920年の手記）

『法の前に』

法の前に門番が立っていた。そこに、ひとりの男がよそからやってきて、中に入れてほしいとたのんだ。

しかし門番は、今は許可できないと答えた。

男はしばらく考えていたが、あとでなら入れてもらえるのかとたずねた。

「その可能性はある」と門番は言った。「だが今はだめだ」

法の門はいつものように開いたままだった。門番がわきに寄ったので、男は身をのりだして門の中をのぞきこんだ。

それに気づいて、門番は笑って言った。

「そんなに中が気になるんだったら、おれが止めてもふりきって、入ってみたらどうだ。ただし、おれは力が強いぞ。しかも、おれはいちばん下《した》っ端《ぱ》の門番でしかない。広間を通り抜けるごとに門番が立っていて、だんだん強くなっていく。3番目の番人でもう、おれでさえ、見るのも恐ろしいほどだ」

こんな困難があろうとは、よそから来た男は思ってもみなかった。法には、だれでもいつでも入れるはずなのだが。

毛皮を着た番人を、あらためてじっくりと見てみた。大きくてとがった鼻、細くて長くて黒いタタール人風のヒゲ。これはやっぱり、入ってもいいと許可してもらえるまで、待つほうがよさそうだ。

門番は男に腰かけをあたえ、門のわきのところにすわらせた。

男はそこで、何日も、何年も待ちつづけた。そのあいだ、中に入れてもらうために、あれこれと手をつくした。門番がうんざりするほど、頼みもした。

門番はときおり、簡単な取り調べのようなことをした。出身地など、いろいろなことを男にたずねた。しかしそれは、お偉方がよくやるような気のない質問で、けっきょく最後にはいつも、まだ入れてやるわけにはいかないと言うのだった。

この旅のために、男はたくさんのものを持ってきていた。そのすべてを、どんなに高価なものでも惜しみなくつぎこんで、門番を買収しようとした。

門番はなんでも受け取った。しかし、いつもこう言いそえた。

「受け取ってやるが、それはただ、おまえが何かし残したことがあるんじゃないかと悔やまないようにしてやっているだけだ」

長年のあいだ、男は目の前の門番のことだけをずっと気にしつづけてきた。ほかにも門番がいることは念頭から消え、この最初の門番こそが法に入ることをさまたげる唯一《ゆいいつ》の障害のように思えてきた。こんな障害にぶつかってしまった不幸な偶然を呪《のろ》い、最初の何年かはあたりかまわず大声でわめいていたが、歳《とし》をとるにつれて、独り言のようにぶつぶつ言うだけになった。

そして、子どもじみたふるまいをするようになった。長年にわたって門番を観察してきた結果、毛皮の襟《えり》にノミがいることまで見わけられるようになり、そのノミにまで助けを求め、門番の気持ちを変えてくれるように頼んだ。

だが、ついに視力もおとろえてきた。周囲が本当に暗くなってきたのか、自分の目のせいでそう見えるだけなのか、男にはわからなかった。しかし、その暗がりの中でも、ひとすじの輝きだけは、はっきりと見えた。その光は、法の門からたえまなくあふれ出してくるのだ。

男の命はもう長くなかった。死が迫ったとき、男の頭の中で、これまで待ちつづけてきた経験のすべてが凝縮して、ひとつの質問になった。この質問はまだ門番にしていなかった。

男は目で門番に合図した。もう身体《からだ》がこわばっていて、立ち上がることができなかったのだ。門番は男の口もとに耳を寄せるために、深く身をかがめなければならなかった。というのも、男は老いて、すっかり小さくなっていたのだ。

「この期《ご》におよんでも、まだ何か知りたいことがあるのか?」と門番がきいた。

「いつまでも納得しないやつだな」

「だれもが法を求めているのに」と男は言った。「どうして、この長年のあいだ、わたしのほかにはだれも、入れてくれと頼みに来なかったんだ?」

門番には、男の命がもう、つきようとしていることがわかった。それで、聞こえなくなっていく男の耳にも届くように、大声でどなった。

「ここには、他のだれも入ることはできないんだ。なぜなら、この入口はおまえのためだけのものだったんだ。さあ、おれはもう行って、この門を閉めるぞ」

（短編集『田舎医者』）

〔正しい道筋〕

正しい道筋を永遠に失ってしまった。
そのことを、人々はなんとも深く確信している。
そして、なんとも無関心でいる。

（八つ折り判ノートB）

〔骨の痛み〕

これまでの自分の罪、これからの自分の罪を、この骨の痛みでつぐなっているのではあるまいか。

そんなふうに思うことがある。

夜、あるいは夜勤明けの朝、機械工場から帰るときに。

こんな仕事に耐えられるほど、自分は強くない。

そんなことは前からわかっている。

それなのに、何も変えようとしないのだ。


（八つ折り判ノートB）

〔愛されていた小ネズミ〕

ネズミの世界でみんなからとても愛されていた小ネズミが、ある夜、ベーコンにつられたばかりに、ネズミ捕りにかかり、ひと声高く鳴いて命を落とした。近くにいたネズミたちはみな、穴の中でふるえ、おののき、目をぱちぱちさせて、お互いを見つめ合った。尻尾《しっぽ》が意味もなく動き、せわしなく床を掃いた。やがて、互いに押し合うようにしながら、みんな、おずおずと穴から出てきて、死の現場に集まった。

そこには、あの愛らしい小ネズミが倒れていた。首を鉄のレバーで挟《はさ》まれ、桃色の小さな脚を縮こまらせ、か細い身体《からだ》を硬直させていた。せめてほんのひと口でもベーコンを食べさせてやりたかった。

両親がそばに立っていて、わが子の亡骸《なきがら》をじっと見つめていた。

（八つ折り判ノートC）

〔小屋の隅《すみ》〕

この小屋にはなにもない、まったくなにもない。窓ガラスもなくなって窓枠だけになっているところから、森のざわめきが静かに流れこんでくるだけだ。ここはなんてさびしいんだ。どうしておまえはここにいるんだ。おまえはこの小屋の隅で眠るんだね。どうして森のなかで、新鮮な空気のなかで眠らないいんだ？

ここを動きたくないいんだね。小屋のなかのほうが安全だと思っていて。蝶番《ちょうつがい》がこわれて、ドアはとっくになくなってしまっているというのに。

それでもおまえは、宙に手をのばしてドアを閉めるようなしぐさをし、それから横になる。

（八つ折り判ノートC）

〔夏だった〕

夏だった。
ぼくらは草の上に横たわっていた。
ぼくらは疲れていた。
夜に、夜になった。
このまま寝かせておいてほしい。
ずっとこのまま……

（八つ折り判ノートD）

〔助けて！〕

「助けて！」

「自分でどうにかしろ」

「見捨てるのか？」

「そうだ」

「おれがおまえに何かしたか？」

「何も」


（八つ折り判ノートE）

〔石臼《いしうす》〕

いつもわたしをすりつぶしている石臼。その上下の石のあいだからわたしを引っぱり出してくれるものであれば、それがたとえ何であろうと、引っぱり出されるときの苦痛がひどすぎないかぎり、ありがたいことだ。

（八つ折り判ノートE）

〔何もわたしをとどめない〕

わたしを引きとめるものはなにもない。
ドアも窓も開け放たれて
通りは広々として、ひとけもない

（八つ折り判ノートE）

〔わたしがふれるものは〕

わたしがふれるものは、壊《こわ》れていく

（八つ折り判ノートE）

〔計算〕

彼は計算に没頭していた。
長い数字の列。
ときおり彼はその列から目をそむけ、顔を手にうずめた。
こんな計算をして何になる？
悲しい、悲しい計算……

（八つ折り判ノートE）

部屋数もさほど多くなかったから、そんなにあちこちさせられたわけでもない。その廊下に面した部屋だけが宿泊用で、建物のほかの部屋は賃貸マンションかなにかだったのだろうか？　今となっては、もうわからない。あのときだって、たぶんわからなかっただろう。そもそも、そんなことは気にしていなかったのだ。

だが、賃貸マンションだったとは考えにくい。大きな建物の正面に「ホテル」と表示してあった。オーナーの氏名もあった。一文字ずつ間隔をあけて、光沢のない、赤みをおびてくすんだ金属製の文字が並んでいた。

それとも、オーナーの氏名だけで、「ホテル」という文字はなかっただろうか？　それも充分にありうることだし、そのほうがいろんなことの説明がつく。しかし、それでもわたしは「ホテル」という文字を見たと思いたい。もうぼんやりとした記憶にすぎないが。

ホテルには大勢の将校たちが出入りしていた。わたしは日中はたいてい市内に出かけ、いろんな用事をすませ、観光もしていたので、ホテルの中の様子まではあまりわからなかったのだが、それでもよく将校を見かけた。兵舎がとなりにあったのだ。いや、実際にはとなりにあったわけではない。ホテルと兵舎の結びつきはもっとちがったもので、ゆるくもあればかたくもあった。今となってはもう説明が難しいが、当時でも簡単ではなかっただろう。そのはっきりしない関係のせいで、困らされたこともあったのに、わたしはちゃんとたしかめようとしなかったのだ。

どんなふうに困らされたかというと、ときおり、こんなことがあった。都会の喧騒《けんそう》に疲れて、わたしがぼんやりとしてホテルに戻ってくると、入口がなかなか見つからない。ホテルの入口はたしかにとても小さかった。というより——じつに奇妙なことだが——あのホテルにはそもそも玄関というものがなかったのかもしれない。ホテルに入るには、レストランのドアを通り抜けるしかなかった。まあそれはいいとしても、そのレストランのドアが、いつでも見つかるとは限らないのだ。ときおり、自分ではホテルの前にいると思っているのに、実際には兵舎の前に立っていることがあった。ホテルの前の広場とはぜんぜんちがって、そこは静かで清潔だった。静まりかえっていて、浄《きよ》められたようだった。それでいて、だれもが取りちがえるほど似ていた。

兵舎の前からホテルに行くには、街角をひとつ曲がらないといけないはずなのだが、ときには、ほんのときたまだが、そうしなくてもホテルに行けたように思う。兵舎の前の静かな広場から直《じか》に――同じようにホテルに向かう将校についていけば――ホテルのドアを見つけることができた。それも、いつもとはちがう別の入口というのではなく、レストランの入口もかねた、いつもの入口だ。リボンで飾られた美しく白いカーテンが内側にかかっていて、中は見えないようになっている。横幅はせまく、縦はやけに長いドアだった。兵舎とは建物の様式がまるでちがっている。ホテルはホテルらしい高層の建物だが、どこか賃貸マンション風でもある。兵舎はロマネスク様式の小さな城で、低層だが広々としている。

兵舎にはいつも将校がいるということだったが、兵士の姿を見かけたことはなかった。小さな城としか見えないのに、わたしはそれが兵舎だということをどうやって知ったのだろう。もうおぼえていない。だが、兵舎にかかわることになったのは、すでに述べたように、ホテルのドアを探して、静かな広場をあちこちと、いらいらしながらうろついたからだ。

いったんホテルに入って、例の廊下までたどり着ければ、もう安心だった。故郷に戻ったかのように感じた。よそよそしい大都会のなかで、こんなに居心地のいい場所を見つけ出せたことを、しみじみ幸運に思った。

（断片 1922年8月）

〔いくつもの夢が〕

いくつもの夢が洪水のように、わたしの上を流れて行った。
わたしは疲れ、絶望し、ベッドに横になっていた……
（八つ折り判ノートE）

〔あなたがやろうとしていること〕

A　あなたがやろうとしていることは、だれの目から見たって、ひどく難しいことですよ。そりゃ、もっと難しいことだってあります。モンブランに登るとかね。でも、あなたがやろうとしていることだって、たいへんな力が必要ですよ。ご自分にそんな力があると思われますか？

B　いいえ。あるとはとても言えません。わたしが自分の内に感じているのは、空虚さであって、力ではありません。

（八つ折り判ノートE）

〔死体の入った棺《ひつぎ》〕

あるとき、死体の入った棺が、ひと晩中、わが家に置かれていたことがある
——どうしてそうなったのかはおぼえていない。ぼくらは墓掘り人の子どもだから、棺は見なれていて、寝るときにも、同じ部屋に死体があることをほとんど気にしなかった。

（八つ折り判ノートF）

〔灌木《かんぼく》〕

わたしは荒れ地に根をおろしている。
どうしてもっと良い土地に植えられなかったのか、わからない。
わたしにはその価値がないのか？
そんなことはないはずだ。
わたしほど豊かに茂る灌木は他にないのだから。

（八つ折り判ノートF）

〔幻影〕

わたしは何を肩にのせているのだろう?
どんな幻影がわたしにまとわりついているのか?

（八つ折り判ノートF）

〔判断力〕

痛みにもがきながらも、なんとか判断力を取り戻す。しかし、それは苦痛を増すばかりで、なんの助けにもならない。もう焼け落ちようとしている家のなかで、建築学上の根本的な問題に初めて気づくようなものだ。

（青い学習ノート　１９１６年／１９２３年）

〔夢のマント〕

気《け》高《だか》き夢よ、おまえのマントで幼児《おさなご》をつつめ

（青い学習ノート1916年／1923年）

〔あせりとなげやり〕

人間にはふたつの大きな罪がある。他のすべての罪はこれらから生じる。
それはあせりとなげやりだ。
人間はあせりのせいで楽園を追われ、なげやりのせいで戻れない。
いや、もしかすると、あせりというひとつの大罪があるだけかもしれない。
あせりのせいで楽園を追われ、あせりのせいで戻れないのだ。

（八つ折り判ノートG）

〔トンネルのなか〕

世間を生きてきて汚れのついてしまった目で見れば、わたしたちは長いトンネルのなかで列車事故に遭った乗客たちと同じような状況にある。トンネルの入口の光はもう見えない。出口の光もひどく小さく、たえず目をこらしていなければならないし、それでも見失ってしまうほどだ。そうなると、どちらが入口でどちらが出口なのか、それさえもはっきりしない。感覚の混乱のせいか、あるいは感覚が異様に鋭くなったためか、周囲にやたらと怪物ばかりが見える。トンネルのなかは、それぞれの人の気分や傷の深さによって、うっとりするほど魅力的だったり、うんざりするほど疲れさせられたり、万華鏡《まんげきょう》のような光景だ。

（八つ折り判ノートG）

〔死の川〕

亡者《もうじゃ》たちのたくさんの影が、死の川にむらがり、夢中になってその水を舐《な》めている。

川は、わたしたち生者のところから流れてきて、わたしたちの海の塩気をまだ含んでいるからだ。

やがて、川は嫌悪《けんお》のあまり逆流し、亡者たちを生者の世界に押し流してしまう。

彼らは歓喜し、感謝の歌をうたい、怒れる川をやさしく撫《な》でる。


（八つ折り判ノートG）

〔内側からそっと〕

人は世界を外側から理論によってへこませ、勝利することはできる。
しかし、自分もそのへこみに落ちてしまう。
だから、自分と世界を、ただ内側から、静かなままにあるがままに保《たも》つ。

（八つ折り判ノートG）

〔この世の声〕

静まり、消えていく、この世の声。

（八つ折り判ノートG）

〔ライバル〕

本当のライバルからは、とてつもない気力がいつまでもおまえのなかに流れこんでくる。

（八つ折り判ノートG）

〔救い〕

隠れ場所は無数にあるが、救いはひとつしかない。
しかし、救いの可能性は、隠れ場所の数だけある。

（八つ折り判ノートG）

〔平穏を嘆く〕

おまえは平穏を嘆いている。
なにも起きないことを、平穏という善の壁で守られていることを嘆いている。
（八つ折り判ノートG）

〔カラスと天国〕

カラスたちは主張する。たった1羽のカラスでも天国を破壊することができると。

たしかに、そのとおりだ。しかしそれは、天国に自分たちの威《い》を示すことにはならない。

天国とは、カラスたちには何もできない、という意味なのだから。

（八つ折り判ノートG）

〔疲れ〕

役所の部屋の片隅《かたすみ》を白く塗っただけで、彼は闘いのあとの剣闘士のようにぐったり疲れていた。

（八つ折り判ノートG）

〔問いかけ〕

以前のわたしは、自分の問いかけになぜ答えが返ってこないのか、不思議だった。
今のわたしは、なぜ問いかけることができると信じていたのか、不思議だ。
いや、信じてなんかいなかった。ただ、問いかけてみただけだ。

（八つ折り判ノートG）

〔両手を上げる〕

歓喜する者も、溺《おぼ》れる者も、ともに両手を上げる。
前者はこの世界との調和を表し、後者は葛藤《かっとう》を表している。

（八つ折り判ノートG）

〔道は無限〕

道は無限であり、近道することも、遠回りすることもできない。

それなのに、だれもが無邪気に自分のモノサシをあてる。

「やっぱり、これくらいは進まないと。そうすれば、人も認めてくれる」


（八つ折り判ノートG）

〔虚栄心《きょえいしん》〕

虚栄心は人を醜悪《しゅうあく》にする。
だから、ほんとうは虚栄心を押し殺さなければならないだろう。
だが、虚栄心は押し殺されることはなく、傷つくだけだ。
そして、「傷ついた虚栄心」となる。

（八つ折り判ノートG）

〔だれかが首を〕

嫌悪《けんお》と憎悪《ぞうお》にみちた頭を、深くたれる。
自分でそうしているのだ。
だが、だれかがおまえの首を絞《し》めているのだとしたら？

（八つ折り判ノートG）

「橋」

わたしのからだは硬《かた》くて冷たい。わたしは橋だ。深い谷の上で横になっている。

一方の崖《がけ》に両足のつま先を、もう一方の崖に両手を突っこんで、もろい土壌《どじょう》にしっかりかじりついている。

わたしの左右では、上着のすそが風にはためいている。

はるか下のほうでは、山女魚《やまめ》の棲《す》む、水の冷たい渓流《けいりゅう》が大きな音を立てている。

こんな高いところまで迷い込んでくる旅人はいなかった。道らしい道もないのだ。この橋のことは、まだ地図にも載《の》っていない。

だから、わたしは横になって、待っていた。待つしかなかった。いったんかけられた橋は、崩《くず》れ落ちてでもしまわないかぎり、橋であることをやめるわけにはいかないのだ。

ある日の夕方のことだ。それがいつの夕方なのかはわからない。はじめての夕方なのか、千度目の夕方なのか。わたしの頭はいつも混乱していて、しかもいつもいつもどうどうめぐりをしている。――夏の夕方だった。渓流の音が、いっそう深く響きわたっていた。わたしは人の足音を耳にした。こっちにくる、こっちにくる。さあ、橋よ、しゃんとからだをのばせ。おまえには手すりもないんだから、しっかりするんだ、おまえに身をまかせる人をささえるために。おそるおそる渡りだしたら、そっと気をつけてやれ。もしよろけたら、そっとではなく大胆《だいたん》に、山の神のように地面の上に投げてやれ。

その人はやってきた。先に金具のついた登山用の杖《つえ》で、わたしをたたいてたしかめた。それから、その杖でわたしの上着のすそを持ち上げ、きちんと整えた。さらに、杖の先をわたしの伸び放題の髪《かみ》に突き入れ、しばらくそのままにしていた。おそらく四方の景色を見渡していたのだろう。

しかしそのあとで――わたしもつられて山や谷に思いをはせていたところだったが――両足でわたしのからだの真ん中に飛び乗った。わたしは激しい痛みにふるえ、何が起きたのかわからなかった。

何者なのか？　子どもか？　体操選手か？　命知らずか？　自殺者か？　誘惑者か？　破壊者か？

たしかめたくて、わたしはふりかえった。橋がふりかえったのだ！　ふりかえりきらないうちに、わたしはもう落下していた。あっという間に、崩れながら落ちていき、いつもは急流の中からおだやかにわたしを見上げていた尖《とが》った岩たちに刺しつらぬかれた。

（八つ折り判ノートB）

〔何もしないこと〕

何もしないことは、あらゆる悪徳の始まりであり、あらゆる美徳の頂点である。

（八つ折り判ノートG）

〔猟犬たちはまだ〕

猟犬たちは、まだ中庭で遊んでいる。
しかし、獲物《えもの》となる動物たちは、猟犬から逃れることはできない。
周囲の森のなかを、もう逃げ回っているというのに。

〈八つ折り判ノートG〉

〔３つのこと〕

３つのこと——
自分をなにか未知のものとして見つめる
見たものを忘れる
得たものを心にとどめる
あるいは２つだけ、３番目は２番目を含むから

（八つ折り判ノートG）

〔使者〕

王様になるか、王様の使者になるか、どちらかを選ぶことになった。まるで子どものように、みんな、使者になりたがった。そのため、使者ばかりが世界中を駆けめぐり、王様がいないので報告する相手がなく、しかたなくお互いに報告し合っていた。彼らもこんなむなしい生活は終わりにしたいのだが、使者を選んだときに誓約をしてしまっているので、そうもいかないのだった。

（八つ折り判ノートG）

〔あざむいてはならない〕

だれかをあざむいてはならない。
この世をあざむいて、勝利を得ようとしてはならない。

（八つ折り判ノートG）

〔乗り越えることのできない問題〕

生まれつき免《まぬか》れていないかぎり、どうしても乗り越えることのできない問題がある。

（八つ折り判ノートG）

〔求める者〕

求める者は見つけず、求めない者は見つかる。

（八つ折り判ノートG）

〔鎖《くさり》〕

彼は地上で自由に、そして安全に暮らしている。というのも、彼は鎖につながれていて、その鎖の長さは、彼が地上のどこにでも自由に行けるほど長く、地上の外に連れ出されてしまうほど長くはないからだ。と同時に、彼は天上でも自由に、そして安全に暮らしている。というのも、同じようにぴったりの長さの天上の鎖につながれているからだ。したがって、地上におりようとすれば天上の首輪にしめつけられ、天上にのぼろうとすれば地上の首輪にしめつけられる。にもかかわらず、彼にはあらゆる可能性があり、彼もそれを感じている。いや、それどころか、すべては最初に彼を鎖につないだときの間違いのせいだ、と認めることさえ拒否している。

（八つ折り判ノートG）

〔特権を維持〕

抑圧されている者たちに対して、特権を持つ者たちは、その責任を果たすと言って配慮してみせるが、しかしその配慮こそ、特権を維持するためのものにほかならないのだ。

（八つ折り判ノートG）

〔こぼれ落ちたものを食べる〕

彼は自分の食卓からこぼれ落ちたものさえ食べる。
そのため、しばらくは、だれよりも腹が満たされる。
しかし、上の食卓で食べることを忘れてしまう。
そのため、ついには、こぼれ落ちてくるものもなくなる。

（八つ折り判ノートG）

〔日々くり返されるできごと〕

日々くり返されるできごと。それに耐えつづけるのは、日々くり返される英雄的行為といえる。

Aは、となりのH村に住むBと、ある重要な商談をまとめる必要があった。それでAは、事前の打ち合わせのためにH村へ行った。行きも帰りも10分しかかからなかった。その速さを家で自慢した。

翌日、本契約を結ぶために、またH村に出かけた。協議には何時間もかかりそうだったので、朝早くに出発した。道中、なにも変わったことはなかった。すべて前日と同じだった。少なくともAはそう思った。それなのに、今度は10時間もかかってしまった。

夕方、疲れ果てて到着すると、Bは待ちくたびれて、30分前にAの住む村に出かけたと聞かされた。どうして途中で出会わなかったのか、Bはすぐに戻ってくるだろうから、ここで待ったほうがいいと言われた。しかし、Aは商談が気がかりで、すぐに自分の家に戻った。なにか工夫したわけでもないのに。

今度は、一瞬で家に着いた。Aと入れちがいにやってきたという。Bは門

家の者の話では、Bは朝早く、Aと入れちがいにやってきたという。Bは門のところでAに出会ったので、商談のために来たと告げたのだが、Aは、今はひまがない、急がなければと言って、そのまま出かけて行ったのだそうだ。

そんなAの不可解な態度にもかかわらず、BはここでAの帰りを待った。まだ戻らないのかと、じれったそうに何度もたずねていたが、今も2階のAの部屋にいる、と家の者は言った。

よかった、それならまだBと話ができる、事情をくわしく説明できる、とAは階段を駆け上がった。

2階に上がったとたん、Aはつまずいた。足をひねって、ねんざしてしまったようだ。

あまりの痛さに気が遠くなり、声を出すこともできない。暗闇《くらやみ》の中でうめいていると、なにか音がして姿が見えた。Bだ。遠く離れているのか、すぐそばなのかもわからない。

Bは腹を立てているらしく、荒々しく階段を降りて行き、ついに姿が見えなくなった。

（八つ折り判ノートG）

〔だれ？〕

だれ？　川岸の並木の下を行くのはだれ？

すっかり見捨てられているのはだれ？

もうどうしようもないのはだれ？

草が生えているのはだれのお墓？

川をさかのぼって、はしごで川岸をのぼって、夢がやってきた。立ちどまって、夢たちと言葉を交わす。夢はいろんなことを知っている。でも、自分たちがどこから来たかは知らない。

秋の夕暮れはとてもおだやかだ。

夢が川のほうを向き、両腕を上げる。

両腕を上げたのに、なぜわたしたちを抱きしめてくれないのだろう？


（創作ノート　1920年8月／12月）

〔ドアの外でのためらい〕

おまえはいつもドアの外をうろついている。
思いきって入っていけ。
中ではふたりの男が、粗末なテーブルにすわって、おまえを待っている。
おまえがためらっている理由について、話し合っているのだ。
騎士のような中世の衣装を着た男たちだ。

（創作ノート　1920年8月／12月）

〔湖でボートを漕《こ》ぐ〕

わたしは湖でボートを漕いでいた。丸いアーチ形の洞窟《どうくつ》の中で、太陽の光は入ってこないのだが、それでも明るかった。青白い岩石が光っていて、洞窟の中はどこでもはっきり見えた。風は感じられないのに、波が高かった。とはいえ、危険を感じるほどではない。わたしのボートは小さかったが、丈夫だった。波間を静かに漕いでいった。漕ぐことにはあまり意識を向けず、この洞窟の静けさを味わうことに集中していた。これまでの人生で出合ったことのない静寂だった。まるで果実のような。まだ食べたことのない、しかも最も栄養のある果実。わたしは目を閉じて、その果汁を飲みほした。

もちろん、まったく邪魔が入らないというわけではなかった。静寂が破られることはなかったが、それでもたえず、なにかが迫ってくる気配を感じた。まだ抑えられてはいるが、もうすぐそばまで来ていて、いまにも大騒ぎを始めたくてたまらないという感じなのだ。

わたしは、まだ現れていないそいつをじろりとにらみ、オールを抜いて手に持ち、ゆれるボートの上で立ち上がり、何もない空間を威嚇《いかく》した。

あたりは静かなままだ。わたしはまた漕ぎだした。

（創作ノート　1920年8月／12月）

〔太陽のような都市〕

この都市は太陽に似ている。すべての光が中央に集まっている。そこでは、目がくらみ、道に迷い、通りも家も見つからない。いちど入ったら、出ることはできない。

中心部の外側は、密度こそ同じように濃いが、たえまなく光がきらめいているわけではなく、暗い路地や隠れた抜け道もあり、ほの暗く涼しい小さな広場さえある。

そのさらに外側では、光はもうまばらになって、探さなければならないほどだ。郊外の街並みが、冷たく灰色に広がっている。

その外側は、もう荒れ地だ。草も木も生えないむきだしの土地は、いつも晩秋のようで、くすんだ色をしている。そこでは、稲妻さえ、めったに閃《ひらめ》かない。


（創作ノート　1920年8月／12月）

〔明けきらない朝〕

この街の朝は、いつまでも明けきらない。
空は一面の灰色だ。
通りには人影がなく、建物だけが静かに立ち並んでいる。
どこかで、もともと少し開いていたらしい窓が、ゆっくりと、さらに開いた。
どこかで、シーツのはしが風にゆれている。最上階のバルコニーの手すりに
でもかけてあるのだろう。
どこかで、窓のカーテンが少しだけ、はためいている。
そのほかには、なんの動きもない。

（創作ノート　1920年8月／12月）

〔人生を呪《のろ》い〕

古文書《こもんじょ》のひとつにこう書かれている――

人生を呪い、それゆえに、生まれてこないことや、人生を破壊することを、最大の幸福、あるいは欺瞞《ぎまん》のない唯一《ゆいいつ》の幸福と考える人たちは、正しいにちがいない。なぜなら、人生についての判断は……

（創作ノート　1920年8月／12月）

〔問いと答え〕

空回り。様子をうかがいながら、びくびくしながら、期待しながら、問いのまわりを答えがおずおずとうろついている。問いの顔は近寄りがたい。それでも答えは必死で機会をうかがう。答えは問いのあとを追うが、それは最も無意味な（つまり、答えが問いから可能なかぎり遠ざかってしまう）道で……

（創作ノート　1920年8月／12月）

〔切れないパン〕

テーブルの上に大きなパンがあった。父がナイフを持ってきて、半分に切ろうとした。でも、切れなかった。よく切れる頑丈なナイフで、パンはやわらかすぎることもかたすぎることもなかったのに。わたしたち子どもは、目をまるくして父を見上げた。

「なにを驚いているんだ？　物事はうまくいかないのがあたりまえで、びっくりするなら、むしろうまくいったときだろ。さあ、もう寝なさい。あとはお父さんがやっておくから」

わたしたちは寝床に入った。でも、ときおりだれかが目をさましては、ベッドの中で身を起こし、父の様子を見ようと首をのばした。父の大きな身体《からだ》が、大きな上着をきて、右足を前に出してふんばって、パンを切ろうとしていた。

翌朝、わたしたちが早起きすると、父はちょうどナイフをテーブルに置いたところだった。

「ごらん、まだうまくいかないんだ。すごく難しいよ」

わたしたちは、いいところを見せたくて、やらせてほしがり、父も許してくれた。ナイフの柄《え》にふれると、父がずっと握っていたため、とても熱くなっていた。持ち上げるだけでも難しかった。暴れ馬を乗りこなせないように、わたしたちはナイフを使いこなせなかった。

父は笑って言った。「パンはそのままにしておきなさい。お父さんはこれから町へ出かけるけど、夕方、もう一度、切ってみよう。パンにからかわれっぱなしってわけにはいかないからね。けっきょくは、切れるはずだよ。ただ、パンだって抵抗していいわけだから、せいぜい抵抗させておくさ」

ところが、父がそう言うと、パンはみるみる収縮していった。どんなことにでも耐える決心をした人の口が、ぎゅっと結ばれるように。そして、いまや本当に小さなパンになった。

（創作ノート１９２０年８月／12月）

〔世界の素顔〕

家の外に出なければ、などということはない。
机にすわって、耳をすませるのだ。
いや、耳をすませることさえ、してはいけない。
ただ、待っているのだ。
いや、待つことさえ、してはいけない。
じっと静かに、ひとりきりでいるのだ。
すると、世界が素顔をのぞかせる。
そうしないではいられないのだ。
おまえの前で、うっとりと身をくねらせる。

（チューラウ・アフォリズム）

〔鎌《かま》で刈《か》る〕

わたしは鎌を研《と》ぎ、刈りはじめた。刈るたびに、暗いかたまりがわたしの足もとに倒れていった。そうしてできた道をわたしは進んで行った。なにを刈っているのか、わたしにはわからなかった。

村のほうから警告する声がしたが、わたしは励《はげ》ましだと思って、さらに前進した。

小さな木の橋のところまで来た。これで仕事は終わった。そこで待っていた人に、わたしは鎌を渡した。その人は片手で鎌を受け取り、もう一方の手で、子どもにするようにわたしの頬《ほお》を撫《な》でた。

橋のなかほどまで来たとき、この道でいいのか、ふと不安になった。暗闇《くらやみ》に向かって大声で呼びかけたが、答える声はなかった。

それで、さっきの人に尋《たず》ねるために、橋のたもとまで引き返したのだが、もうそこにはいなかった。

（創作ノート１９２０年８月／12月）

〔沼地の見張り〕

わたしは沼地の森の真ん中に、見張りを立てた。

しかし、もうそこにはだれもいない。大声で呼んでも、返事はない。見張りは姿を消した。

わたしは新しく別の見張りを立てねばならなかった。

その男は、やる気に満ちた、骨太な顔をしていた。

「前の見張りは姿を消した」とわたしは言った。「理由はわからない。だがどうやら、この荒れ果てた土地が、見張りをおびき出すらしい。だから、おまえも気をつけろ!」

彼は閲兵式《えっぺいしき》のときのように、直立不動の姿勢で立っていた。わたしはさらに言葉を足した。

「それでもおまえが誘い出されてしまったら、いいか、困るのはおまえだけだ。おまえは沼地に沈むことになるだろう。わたしのほうは、すぐにまた新しい見張りを立てるだけだ。その見張りもまたいなくなったら、さらに新しい見張りを立てる。永遠にそれをくり返す。こちらの得にはならないとしても、失うものもないだろう」

（創作ノート１９２０年8月／12月）

〔家の中の雨〕

彼は唇《くちびる》を噛《か》んで、ぼんやり前を見つめ、じっと動かなかった。

「そんなふうにしているだけじゃ、わけがわからないじゃないか。いったい何があったんだ？　仕事のほうは、絶好調とまではいかなくても、まあまあ悪くないはずだ。たとえしくじったとしても――そんなことはありっこないが――きみなら、すぐにまたなんとかなるさ。若いし、健康だし、たくましいし、仕事の経験も能力もある。面倒をみなければならないのは、自分と母親だけだ。それなのに、どうして昼間からわたしを呼び出したんだ？　どうしてそんなふうにすわりこんでるんだ？　なあ、気を取り直して、説明してくれよ」

短い間《ま》があった。わたしは開いた窓にすわり、彼は部屋の真ん中の椅子《いす》にすわっていた。

「わかった。なにもかも話そう。あなたの言ったことは、すべてそのとおりだ。でも、考えてもみてほしい。昨日からずっと雨が降っているだろ。午後5時頃から降りはじめて――彼は時計を見た――今はもう午後4時だが、まだやまない。これじゃあ、考えこんでしまうじゃないか。

いつもなら、外は雨でも、家の中には降らない。だが、今回は逆のようだ。ちょっと窓から外をのぞいてみてくれ。地面は乾いているんじゃないか？　ほら、そうだろ。ところが、家の中ではどんどん水かさが増してくる。増すなら、増せばいいさ。ひどいことになったが、これはまだ我慢ができる。ちょっと前向きに考えれば、我慢できることだ。椅子といっしょに浮くだけさ。どうってことはない。他のものもみんないっしょに浮くんだから、ちょっと高いところで同じように暮らすだけだ。

でも、雨のしずくが頭に落ちてくるのは、我慢ができない。ささいなことのようだが、まさにそのささいなことが我慢できないんだ。いや、もしかすると我慢できるのかもしれないが、ささいなことを避けられないのが我慢ならないんだ。実際、自分の身を守るすべがないんだ。帽子をかぶっても、傘をさしても、頭の上に板をのせてみても、なんの助けにもならない。雨はなんでも通り抜けてしまうから。通り抜けているんじゃないとしたら、帽子、傘、板の下で、同じ激しさの雨が新たに降りだしているんだ」

（創作ノート　1920年8月／12月）

〔栈敷席《さじき》〕

わたしは栈敷席に、妻とならんですわっていた。

舞台では嫉妬《しっと》がテーマの芝居が上演され、盛りあがっていた。柱に囲まれた明るい大広間で、今まさに夫が剣をふりかざし、妻は出口から逃げようと後ずさっていた。栈敷席のだれもが思わず手すりから身をのり出した。わたしの横顔に、妻の巻き毛がふれた。

そのとき、わたしたちははっとして、身をひいた。手すりの上で何かが動いたからだ。手すりのビロードの布張りだと思っていたのは、男の背中だった。身体《からだ》の幅が手すりほどしかない細長い男が、手すりの上で腹ばいになっていたのだ。

男は、楽な姿勢をとろうとするように、ゆっくり寝返りを打ち、上を向いた。妻はわたしにしがみついた。ふるえている。男の顔がわたしの目の前にあった。わたしの手のひらより幅のせまい顔で、蠟《ろう》人形のようにのっぺりしていて、先のとがった黒いあご髭《ひげ》をはやしている。

「びっくりするじゃないか！」とわたしは怒鳴った。「ここで何をしてるんだ？」

「失礼！」と男は言った。「私はあなたの奥様の崇拝者です。ひじを身体にのせてもらえるだけで幸福なんです」

妻が叫んだ。「エミール、助けて！　お願い！」

「私の名前もエミールなんですよ」と男は言い、ソファに寝そべるように手すりの上で横になり、片手で頭を支えた。「こちらにおいで、かわいい奥様」

「この野郎」とわたしは言った。「もうひとことでも言ってみろ、下へ突き落としてやる」

そのひとことをすぐにも口にしそうだったので、わたしは男を突き落とそうとした。しかし、そう簡単にはいかなかった。男は手すりと一体化していて、まるで造《つく》りつけのようで、どうしても転げ落ちないのだ。

男はにやりと笑って言った。「やめときな、間の抜けた坊や。今からへとへとになってどうする。闘いはこれからだ。もちろん、最後にはおまえの奥様がおれの望みをかなえてくれるわけだ」

「とんでもない！」と妻は叫び、わたしに向かって言った。「お願いだから、早く突き落として」

「それができないんだよ」とわたしも叫んだ。「せいいっぱいやっているのは、わかるだろ。でも、どういうわけか、うまくいかないんだ」

「どうしよう、どうしよう」と妻が嘆いた。「わたし、どうなってしまうの」

「落ち着くんだ」とわたしは言った。「頼むよ。おまえに取り乱されると、ますますやりにくい。そうだ、いいことを思いついた。ナイフで手すりのビロードを切って剝《は》がして、ビロードごとこいつを下に放り捨てよう」

　しかし、ナイフが見つからない。

「わたしのナイフを知らないか？　コートのポケットかな」

　あわててクロークへ走って行こうとしたとき、妻の叫びでわれに返った。

「わたしをひとりにしないで、エミール」

「でも、ナイフがないと」とわたしも叫び返した。

「わたしのを使って」と、ふるえる指先で妻は小さなバッグの中をさぐった。

しかし、取り出したのは、当然のことながら、螺鈿《らでん》をちりばめた化粧用のごく小さなナイフだった。

（創作ノート 1920年8月／12月）

〔神経を使う厄介事《やっかいごと》〕

神経を使う厄介事だ。朽《く》ちた木の柱を、橋として渡して、その上をつま先立ちで歩く。木の柱以外、足の下には何もない。次に足を置くところを、足先でさぐりさぐり進んで行く。下に見えるのは、水に映る自分の姿だけだ。両足で世界とつながり、両手はこの苦労に耐えるために空中にぴんとのばしている。

（創作ノート　1920年8月／12月）

〔難破船〕

難破船から海に流れ出たものが、最初は真新しく美しかったのに、長年のあいだ水に浸《ひた》っているうちに、自分を保《たも》てなくなり、ついには崩壊してしまう。

（創作ノート１９２０年8月／12月）

〔下へ〕

もっと下まで行けとおまえは言うが、もうわたしはどん底にいる。

息が詰まりそうだし、すでに深すぎるが、それでも、ここにいなければならないのなら、そうしよう。

なんてところだ！　たぶんこれより下はないだろう。

それでもわたしはここにとどまろう。

だから、もうこれ以上、下に行かせようとしないでくれ。


（創作ノート１９２０年８月／12月）

〔人影〕

わたしはその人影をどうすることもできなかった。

その人影は落ち着き払って、テーブルに向かってすわり、テーブルの上を見つめていた。わたしはそのまわりをぐるぐる歩いていて、人影から首を絞《し》められているように感じた。

わたしのまわりを3人目の人影がぐるぐる歩いていて、その人影はわたしに首を絞められているように感じた。4人目は3人目のまわりをぐるぐる歩いていて、3人目に首を絞められているように感じた。

そういう回転がつづいていって、ついには星の運行にまで至り、さらにその先まで。だれもが自分の首を絞める手を感じている。

（創作ノート1920年8月／12月）

〔どこかにある〕

それはどこにあるのだろう？
わたしにはわからない。
そこではだれもが、お互いを認め合い、やさしく混じり合っている。
わたしには、そういうところがどこかにある、ということがわかっている。
それどころか、見えてさえいる。
しかし、どこにあるのかはわからないし、そこに近づくこともできない。

（創作ノート　1920年8月／12月）

〔目と世界〕

強烈な光は、世界を溶かすことができる。
弱い眼光では、世界は固《かた》くなる。
もっと弱い眼光では、世界は拳《こぶし》を握る。
さらに弱い眼光では、世界は恥じ入り、見ようとする者を打ち砕《くだ》く。

（創作ノート　1920年8月／12月）

〔せめて〕

せめて、ひと言だけ。
せめて、ひとつのお願いだけ。
せめて、空気の動きだけ。
せめて、あなたがまだ生きていて、待ってくれているという証拠だけ。
いや、お願いはいらない。せめて、息づかいだけ。
いや、息づかいもいらない。せめて、心の準備だけ。
いや、心の準備もいらない。せめて、思うだけ。
いや、思いもいらない。せめて、やすらかな眠りを。

（創作ノート　1920年8月／12月）

〔井戸《いど》から水を〕

「おまえはこの井戸の底から水を汲《く》むことは決してない」

「どんな水？　どんな井戸？」

「そう問うのは、だれだ？」

沈黙。

「何の沈黙だ？」


（創作ノート1920年8月／12月）

〔巨大な沼《ぬま》の水面《みなも》〕

人間は巨大な沼の水面だ。熱狂にとらわれたとしても、全体から見れば、この沼のどこかの片隅《かたすみ》で、小さな蛙《かえる》が緑色に濁《にご》った水にポチャンと落ちたようなものだ。

（創作ノート 1920年8月／12月）

〔森の道〕

ひとりの男が馬に乗って森の道を進んでいた。

その前を犬が走っていた。

男の後ろから数羽のガチョウがやってきた。小さな女の子が細長い枝でガチョウを追い立てていた。

前の犬から後ろの女の子まで、みんな、できるだけ急いではいるものの、そんなに速くは進めなかった。ついつい互いに歩調を合わせてしまうのだ。

道の両側の森の木々も、いっしょに走っていた。なんだかいやいやで、疲れた様子で、いずれも老木だった。

女の子につづいて、若いスポーツマンがやってきた。水泳選手で、頭を水につけ、力強く泳いでいく。というのも、彼のまわりでは波が打ち寄せていて、彼が泳ぐのに合わせて、水もいっしょに流れていくからだ。

それから、家具職人がやってきた。お客に届けるテーブルを背負って、テーブルの脚の2本を両手でしっかり握っている。

その後につづいて、皇帝の使者がやってきた。森の中でこんな人たちのいるところに来合わせたのが、彼の不運だった。たえず首をのばして、前方の様子をうかがい、なぜみんながこんなにゆっくり進んでいるのか、いまいましく思った。

しかし、我慢するしかなかった。目の前にいる家具職人は追い越せるだろうが、水泳選手のまわりをとりかこんでいる水を、どうやって通り抜けることができるだろう。

使者の後ろから、奇妙なことに、皇帝自身がやってきた。まだ若く、ブロンドのあご髭《ひげ》を生やし、顔はほっそりした感じだが頬《ほお》はふっくらしていた。その顔には生きる喜びがあふれていた。

帝国が大きいと、こういうときに不便なのだが、皇帝は使者を知っていたが、使者のほうは皇帝を知らなかった。

皇帝はちょっとした気晴らしの散歩に出ただけだったが、こうして使者といっしょに歩くのだったら、自分で手紙を届けてもよかったわけだ。

もちろん……見知らぬ手紙に神経をやられ……彼は……

(創作ノート 1920年8月／12月)

「夜」

夜のなかに沈んでいく。

頭をたれて思いに沈んでいくように、夜のなかにすっかり沈みこんでいく。

近所の人たちも眠っている。

家のなかで、安全な屋根の下で、安全なベッドの上で、手足をのばして、あるいはまるくなって、シーツにくるまれ、ふとんをかぶって眠っているというのは、じつは見せかけにすぎず、無邪気な自己欺瞞《じこぎまん》だ。

本当は、かつてそうであったように、またいつかそうなるように、他の人たちといっしょに、荒涼とした大地にいて、野外で寝ているのだ。見わたすかぎり、人また人の群れ。寒空の下、冷たい地面の上で、さっきまで立っていた場所に身体《からだ》を投げ出し、うつぶせになって、額《ひたい》を腕にのせ、静かな寝息をたてている。

だが、おまえは目をさましている。おまえは見張りのひとりなのだ。そばに積んである薪《まき》の山から1本を取り出して、火をつけてふり、いちばん近くにいる他の見張りと合図し合う。なぜおまえが見張りをしているのか？　だれかが見張りをしなければならないのだ。だれかひとり、ここにいなければ……

（創作ノート　1920年8月／12月）

〔告白と嘘《うそ》〕

告白と嘘は同じものだ。
嘘をつくことで、はじめて告白が可能になる。
人はありのままの自分を言い表すことはできない。
人とは言い表すことのできないものだからだ。
伝えることができるのは、ありのままの自分でないことだけ。
つまり、嘘だけだ。
合唱のなかにようやく、なんらかの真実が見いだされるのかもしれない。

（創作ノート1920年8月／12月）

〔独房というわけではなかった〕

そこは独房というわけではなかった。四方の壁のうち、一方だけは完全に開け放しだったからだ。もしそこも壁でふさがれていたら、あるいはこれからふさがれるかもしれないと考えると、おそろしかった。そんなことになったら、幅1メートル、高さもわたしより少し高いだけという空間に閉じ込められることになり、まるで石の棺《ひつぎ》を直立させた中にいるようなものだ。

今のところ、壁はふさがれていないので、両手を自由に外に出すことができた。天井の近くにはまっている鉄の金具につかまれば、頭をそうっと上に突き出すこともできた。あくまでそうっとだが。この小部屋が地面からどれくらい高いところにあるのかわからなかった。ずいぶん高いところにありそうだった。下のほうに灰色の靄《もや》がたちこめているのが見えるばかりだ。右を見ても、左を見ても、遠くまで見ても同じ。ただ、高いところはいくらか明るかった。曇った日に塔の上にのぼったら、こんな景色が見えそうだ。

疲れたので、壁のない端に腰をおろし、両足を外にたらしてぶらぶらさせた。腹の立つことに、わたしは全裸だった。服や下着があれば、それらを結び合わせてロープをつくり、鉄の金具に一方の端をくくりつけて、この小部屋を出て、もっと下まで降りてみることもできたのに。そうすれば、おそらく何かわかることもあっただろう。だが一方で、それができなくて、かえってよかったとも思った。びくびくしながらそんなことをすれば、ひどい結果になったかもしれない。何も持たず、何もしないほうがましだ。

小部屋には何もなく、壁もむき出しだったが、開け放しになっている壁とは反対側のほうの床の両隅《りょうすみ》に、2つの穴があった。一方の隅にある穴は、排泄《はいせつ》のためのもののようだ。もう一方の隅にある穴の前には、ひと切れのパンと、水の入った小さな木の樽《たる》が栓《せん》をして置いてある。つまり、その穴から食料が差し入れられたのだ。

（創作ノート 1920年8月／12月）

〔鉱山〕

そうではない。おまえは坑道《こうどう》の落盤《らくばん》で生き埋めになり、大量の岩石によって、外に出ることもできず、外の光さえ届かず、ひとりで衰弱している、というわけではないのだ。

おまえは外にいて、生き埋めになっている人のところまで掘り進もうとしている。しかし、岩石を前になすすべもなく、自分は外にいて光もあびていることが、なおさらおまえを無力にする。

おまえが救おうとしている人は、いまにも窒息してしまうかもしれない。だから、しにものぐるいで作業しなければならない。だが、その人は決して窒息しないだろう。だから、おまえは決して作業をやめるわけにはいかない。

（創作ノート１９２０年8月／12月）

〔ハンマー〕

強力なハンマーを持っているが、わたしにはそれを使うことができない。柄《え》が焼けるように熱いのだ。

（創作ノート　1920年8月／12月）

〔ふさわしくない〕

ふさわしくない。
それはわかりきっている。
だが、こうもふさわしくないとなると……

（創作ノート1920年8月／12月）

〔あいだの魚〕

川底と川面《かわも》の中間を漂《ただよ》っている魚が、下の深い泥のなかで小さなものがうごめいているのをながめては、不安と喜びを感じ、上の流れのなかで大きなものがゆうゆうと泳いでいるのをながめては、不安と喜びを感じている。

（創作ノート1920年8月／12月）

〔迷路のなかのF〕

Fはどこにいるの？　ずいぶん会ってないけど。

F？　どこにいるか知らないの？　Fは迷路のなかにいて、おそらくもう出てこれないよ。

Fが？　あのFが？　ヒゲを生やしてるFだよ？

そうだよ。

迷路のなかに？

そう。


（「城」初稿ノート裏面　1922年1月）

〔自分を建て直す〕

書けなくなった。

そこで、自伝的な調査をやってみることにした。

自伝を書こうというのではなく、自分の人生の構成要素、それもできるだけ小さなものの調査と発見だ。

それをもとにして、自分を建て直してみたいのだ。

家がぐらつきだして危ないので、となりに安全な家を建て直すというときに、なるべく元の家の材料を使うようなものだ。

ただし、建てている途中で力つきると、困ったことになる。

ぐらついているとはいえ住めていた家の代わりに、半分壊《こわ》れた家と、半分できあがった家が残り、住むところがなくなるのだ。

そうなったら、あとは狂うしかない。

ふたつの家のあいだで、コサックダンスでも踊るのだ。

両足を交互に何度も何度も突き出して、長靴のかかとで地面を削りつづける。
自分の下に墓穴を掘ってしまうまで。

（『断食芸人』ノート 1915年／1922年）

〔自分自身への疑い〕

わたしは以前からある種の疑いをわたし自身に抱いていた。といっても、ほんのときたま、それも一時的なことで、忘れている時間のほうが長かった。だから、たいしたことではなく、だれにでもあるような、ごくささいなことにすぎない。
たとえば、鏡に映った自分の姿にびっくりするようなものだ。鏡に映った自分の顔にびっくりしたり、後頭部にびっくりしたり、通りを歩いていて鏡の前を通りすぎ、ふいに自分の全身を目にしてびっくりしたり。

（『断食芸人』ノート　1915年／1922年）

〔3本のジグザグ線〕

その人が残したのは、3本のジグザグ線だけだった。
なんと仕事に没頭していたことだろう。
そして実際には、なんと没頭していなかったことだろう。

(「ある犬の研究」ノート1922年10月)

〔聞く〕

わたしはあなたの言うことに耳をかたむける。

いや、耳をかたむけてはいけない……

（「ある犬の研究」ノート　1922年10月）

〔別のことばかりが頭に浮かぶ〕

森のなかですっかり道に迷ってしまった。なぜ迷ったのかわからない。道ではないところを歩いていたとはいえ、ついさっきまで、近くに道があったのはたしかだ。なにしろ、道がずっと見えていたのだから。

それなのに今、わたしは道に迷っている。

見失ってしまった道は、どうしても見つからなかった。

木の切り株に腰をおろし、じっくり状況を整理してみようと思った。しかし、ぼんやりしてしまい、別のことばかりが頭に浮かぶ。考えるべき大事なことがあるのに、夢でも見ているように、心配事から気持ちがそれてしまう。

やがて、まわりでコケモモがたわわに実っているのに気づき、つみとって食べた。

（「城」最終ノート　1922年8月）

〔贋《にせ》の風景〕

だれかがつくった贋の風景のなかで生きている。

照明が明るくなれば朝で、すぐに暗くなればもう夜。

単純なごまかしだ。しかし、舞台にいるあいだは、従わなければならない。

ただ、もし逃げ出せるだけの力があるなら、そうしてもかまわないのだ。背景に向かっていって、スクリーンを切り裂き、そこに描かれた空がきれぎれの布となって舞うなかを通り抜け、そこらに置いてある小道具をとび越えて、現実のほうへ、せまくて暗くて湿っぽい路地へと。

その路地は、劇場に近いので昔から劇場通りと呼ばれてはいるが、本物の路地だし、本物が持つすべての深みをそなえている。

（創作ノート　1920年8月／12月）

〔出て行こう！〕

ここから出て行こう、とにかく出て行こう！

どこに連れて行ってくれるのかなんて、言ってくれなくてもいい。

あなたの手はどこ。暗くてわからない。あなたの手をわたしがつかんでいたら、あなたもきっとふりはらいはしないはずなのに。

わたしの声が聞こえてる？　そもそもこの部屋のなかにいる？

もしかすると、はじめから、あなたはここにいないのかもしれない。こんな氷と霧ばかりの北のほうに、だれもいそうにないところに、どうしてあなたが来る気になるだろう。

あなたはここにいない、こんな場所は避けた。しかしわたしはここに立っていて、そして倒れる。あなたがいるかいないか、はっきりわかったときに。


（「城」最終ノートの紙片　１９２２年９月）

〔追放〕

またしても、またしても、遠くへ追いやられ、遠くへ追いやられ。
山を、砂漠を、広野を、ひたすら歩きつづけなければならない……

（「夫婦」ノート1922年10月／11月）

〔夢見る花〕

花は、高くのびた茎《くき》の先で、夢見るように垂《た》れていた。
夕闇《ゆうやみ》が花をおおっている。

（「夫婦」ノート　1922年10月／11月）

〔窓の代わりのドア〕

そこにバルコニーはなかった。窓の代わりにドアがついていて、4階なのに、開けるともう直《すぐ》に外だった。

春の宵《よい》なので、ドアは開け放してある。

ひとりの学生が、勉強しながら、部屋のなかを行ったり来たりしている。

そのドアの前までくるたびに、学生は足の裏でドアの敷居をなでてみる。

あとで食べるために取っておいてあるお菓子を、ちょっとだけ舌でペロリと舐《な》めてみるように。

（「夫婦」ノート　1922年10月／11月）

〔多様性〕

わたしたちが生きている一瞬のうちにも、多様性があり、そのなかで多様さが多様に渦巻《うずま》いている。

そして、その一瞬はまだ終わっていない。

ほら、見てごらん！


（「夫婦」ノート　1922年10月／11月）

〔もう決してない〕

もう決してない、もう決してない、
おまえが街に戻ることは。
もう決してない、もう決してない、
おまえの上で大きな鐘が鳴り響くことは……

(「夫婦」ノート 1922年10月/11月)

『コメント』

朝早く、だれもいないがらんとした通りを、わたしは駅に向かって歩いていた。

塔の時計と自分の時計を見比べてみて、思っていたよりずっと遅れていることに気がついた。急がなければならない。あせったせいか、この道でいいのか、自信がなくなってきた。この街のことはまだよくわからないのだ。幸い、近くに警察官がいたので、駆け寄って、息を切らしながら道を尋《たず》ねてみた。

警察官は微笑《ほほえ》んで言った。

「道を教えてほしいんですね」

「ええ」とわたしは言った。「自分では見つけられないので」

「あきらめなさい、あきらめなさい」

警察官はそう言うと、くるりとむこうを向いた。ひとりで笑おうとする人のように。

（「夫婦」ノート 1922年10月／11月）

〔すべて無駄だった〕

もう夕方だった。

涼しい風が吹いてきた。

その涼しさがさわやかでもあり、もうそんな風の吹く時間かと疲れも感じた。

わたしたちは古い塔のそばのベンチに腰をおろした。

「すべて無駄だった」とあなたは言った。「でも、もう終わった。ほっと息をつくときだ。それにふさわしい場所だ」


（青い学習ノート1922年／1923年）

〔木の葉〕

わたしはいちども木にくっついていたことがなく、
秋風に吹かれて舞う木の葉ではあるけれども、
どの木の木の葉でもないのだ。

（黒い小型ノート１９２３年）

〔あなたは答えない〕

秋の夜、通りの並木の下の暗がりで。

わたしはあなたに問いかけたが、あなたは答えない。

あなたが答えてくれるなら、あなたの唇《くちびる》が開いてくれるなら、死んだ目が生き返ってくれるなら、わたしに語りかけてくれるなら！


（青い学習ノート　１９２３年／１９２４年）

〔ドラゴン〕

ドアが開き、緑色のドラゴンが部屋に入ってきた。精気に満ち、わき腹を大きくふくらませ、足はなく下腹で這《は》っている。かたくるしいあいさつをかわす。

どうか部屋のなかにお入りくださいとうながすと、残念ながらそうもいかないとドラゴンは言った。身体《からだ》が長すぎるのだ。それで、ドアは開けたままにしておくしかなかった。なんとも気まずかった。

ドラゴンは微笑《ほほえ》んだ。その微笑みは、困っているようでもあり、悪意がこもっているようでもあった。

そして、こう言い出した。

あなたがわたしにあこがれているから、その気持ちに引き寄せられて、遠くからここまで這ってきました。下腹はもうすっかり、すり傷だらけです。でも、わたしはうれしいんです。喜んでやってきたんです。喜んであなたに身を捧《ささ》げましょう。

（青い学習ノート　1923年／1924年）

〔なにが？〕

なにがおまえの邪魔をしているのだ？

なにがおまえの心をかき乱すのだ？

なにがおまえの部屋のドアのノブを手でさぐっているのだ？

なにが通りからおまえを呼んで、開いている門から入ってこようとはしないのだ？

ああ、それはまさに、おまえに邪魔されているものであり、おまえに部屋のノブを手でさぐられているものであり、おまえに心をかき乱されているものであり、開いた門から入っていこうとしないおまえに通りから呼ばれているものだ。


（青い学習ノート　１９２３年／１９２４年）

〔巨人との闘い〕

またしても、おなじみの巨人との闘いだ。
といっても、わたしが闘うだけで、巨人は闘わない。
巨人はわたしに重くのしかかるだけだ。
酔っ払いが居酒屋のテーブルにのしかかるように。
巨人はわたしの胸の上で腕を組んで、その腕の上にさらにあごをのせている。
この重みに、わたしは耐えられるだろうか？

（青い学習ノート　1923年／1924年）

〔うまくいかないこと〕

うまくいかないことは、うまくいかないままにしておかなくては。
さもないと、もっとうまくいかなくなる。

（会話メモ）

〔教育とは〕

そう、あらゆる教育は、おそらく2種類に分けられる。

ひとつは、まだ何も知らない子どもたちが、真実に向かって猛烈に突進していくのを防ぐこと。

もうひとつは、骨抜きにされた子どもたちを、そっと、気づかれないように徐々《じょじょ》に、虚偽へと導いていくことだ。


（「ある犬の研究」削除箇所）

〔心を剣で突き刺されたとき〕

心を剣で突き刺されたとき、大切なのは、じっと目をそらさないこと、血を流さないこと、石のように冷たくなって剣の冷たさを受けとめること。刺されたことによって、刺された後は、もう傷つかなくなること。

（八つ折り判ノートG）

〔善の星空〕

悪は善の星空だ。

（八つ折り判ノートG）

〔天の沈黙〕

天は沈黙している。
ただ沈黙だけを返す。

（八つ折り判ノートG）

〔自殺者〕

自殺者とは、監獄の中庭に絞首台《こうしゅだい》が立てられたのを見て、あれは自分のための絞首台だとかんちがいして、夜中に独房から抜け出し、庭におりて、自分で首をつる囚人のようなものだ。

（八つ折り判ノートG）

〔故郷にいる〕

いつでも準備はできている。どこにでも引っ越せる。
だから、ずっと故郷にいる。

（八つ折り判ノートH）

『夢』

ヨーゼフ・Kは夢を見た――。

天気がいいので、散歩をしようと思った。ところが、ほんの二、三歩で、もう墓地にいた。わざと曲がりくねって作られた、歩きにくい道が何本もあった。彼は、そんな道のひとつの上に立ち、流れの速い川に浮かんでいるように、しかし安定した姿勢ですべって行った。

遠くのほうに、土を盛ったばかりの墓があるのが目に入った。そこまで行ってみようと思った。その墓にはなにかひきつけられるものがあって、どんどん近づいているのだが、それでもまだ遅い気がするほどだ。しかし、その墓がときどき見えにくくなる。たくさんの旗《はた》のかげに隠れてしまうのだ。旗は波打ち、ふり回され、激しくぶつかり合っていた。旗を持っている人たちの姿は見えなかったが、そのあたりでは盛んに歓声があがっているようだ。

遠くばかり見ていたが、ふと気がつくと、すぐ横の道ばたに、同じような墓があった。もう通り過ぎてうしろになってしまう。彼はあわてて草地にとび降りた。いきおいよく流れる道からとび降りたので、彼はよろめいて、地面にひざをついた。ちょうど墓の真ん前だった。盛った土のうしろに2人の男が立っていて、墓石を左右から抱えあげていた。Kが現れたとたん、2人はその墓石を土に突き立てた。すると、もうそれだけでしっかり固定されたかのようだった。

第3の男が茂みの中から歩み出てきた。ひと目見ただけでKは、その男が芸術家だとわかった。ズボンの上は、きちんとボタンをはめていないシャツだけで、頭にはベレー帽をのせ、手には鉛筆を持っていて、こちらにやって来ながら、空中に何か描いている。

その鉛筆を男は墓石の上で走らせはじめた。墓石は背が高かったので、かがみこむ必要はなかった。それでも少し前かがみになったのは、盛りあげた土の上に乗ろうとしなかったので、その分だけ、墓石から離れていたからだ。爪先《つまさき》立《だ》ちになり、墓石に左手をついて身体《からだ》を支えた。熟練の技で男は、普通の鉛筆で金文字を書いてみせた。「ここに眠るのは」という文字のひとつひとつが、すっきりと美しく、深く刻まれて、まぎれもなく金の輝きだった。

男はここまで書いたとき、Kをふりかえった。Kは、墓碑銘《ぼひめい》のつづきがどう書かれるのか、ひどく気になって、男にはほとんど目もくれず、墓石のほうばかり見ていた。男はつづきを書こうとしたが、書けなかった。何か問題が生じたようで、鉛筆を持った手をおろして、またKのほうをふりかえった。今度はKも芸術家のほうを見た。ひどく困っていて、しかもその理由を口にしかねていることに気づいた。さっきまでの生き生きした感じは、すっかり消えていた。それを見て、Kも当惑した。2人はとほうにくれて見つめ合った。なにか行き違いがあるのに、その正体がわからなくて、もどかしい。

こんなときに墓地の礼拝堂の小さな鐘が鳴りだした。しかし、芸術家が手をあげて大きくふると、鳴りやんだ。少しして、また鳴りだしたが、今度はごくひかえめな音で、せかすような感じもなく、すぐにとぎれた。鐘が自分で響きぐあいを点検でもしているかのようだった。

芸術家の様子を見ていると、Kはひどく悲しくなって、涙が出てきた。両手に顔をうずめて、しばらくすすり泣いた。芸術家はKが落ち着くまで待っていた。それから、ほかにどうしようもなかったので、腹をすえて、やはり書き進めることにした。まず短い線を引いただけだったが、Kはほっとした。もっとも、どうにも気が進まないのに、いやいや書いたということが、その線を見るとあきらかだった。筆跡は前ほど美しくなく、金の輝きが足りないのはとくに気になるし、彫りも浅く、たよりない線だった。ただ、文字のサイズだけはとても大きかった。

それは「J」*という文字だった。もう少しで書き終えるときに、芸術家はいきなり逆上して、盛ってある土を片足でどんと踏んだ。衝撃で土が高く舞い上がった。ようやくKにもわかった。芸術家にあやまっている時間はなかった。両手で彼は土を掘った。なんの苦もなく掘れた。なにもかも、とっくに準備してあったらしい。見た目とちがって、土は薄くかけてあっただけで、それをどけると下には、壁が坂《さか》になっている大きな穴があった。Kはその穴の中に、おだやかな流れにくるりとあおむけにされて、沈みこんでいった。底知れない深みにひきこまれながらも、頭だけはまだ起こしていると、上では墓石に彼の名前が立派な装飾書体でいきおいよく刻み込まれていった。
その光景にうっとりとして、彼は目をさました。

（短編集『田舎医者』）

＊Jはヨーゼフ（Josef）の頭文字。

〔夢を木の枝に結びつけろ〕

夢を木の枝に結びつけろ。

子どもたちの踊りの輪。

身をかがめて父親が言い聞かせる。

薪《まき》にする木の枝をひざで折る。

半ば意識を失い、青ざめて、小屋の板壁によりかかり、救いを求めるように空を見上げる。

中庭の水たまり。その向こうに、もう役に立たない古い農機具がいくつか。

斜面をくねくねと這《は》っている小道。

時おり雨が降りだし、時おり陽が射《さ》す。

ブルドッグがとび出し、棺《ひつぎ》を運ぶ人たちがあとずさりする。


（青い学習ノート　1923年／1924年）

〔釘《くぎ》の先端を壁が感じるように〕

彼はそれをこめかみに感じた。
打ち込まれようとしている釘の先端を、壁が感じるように。
つまり、彼はそれを感じていないのだ。

（八つ折り判ノートH）

〔秋の道〕

秋の道のようだ。きれいに掃《は》いても、すぐにまた枯葉でおおわれてしまう。

（八つ折り判ノートG）

〔準備不足〕

彼はいつだって準備不足だ。

それは自分がいけないのだ、と思うことさえ彼にはできない。

というのも、いついかなる時でも準備ができているように責め立てられることの生活のなかで、準備をする時間がどこにあるだろう。

たとえ時間があったとしても、なにが起きるのかわからないうちから、準備ができるだろうか。人が決めたことならまだしも、自然に起きることを、次々と切り抜けていくことなど、そもそもできるだろうか？

そういうわけで、彼はもうずっと以前から、車輪の下敷きになっている。

おかしなことでもあり、また、なぐさめにもなるのだが、彼はそうなってしまうことへの準備が、他のどんなことへの準備よりもできていなかった。

（１９２０年の手記）

〔志願囚人〕

牢獄《ろうごく》のなかで、彼は満足だろう。囚人として生涯を終える――それもひとつの生き方だろう。しかし、鉄格子《てつごうし》のあいだから、世間の喧騒《けんそう》が、なんの遠慮もなく平気で、家にいるときと同じように流れこんでくる。囚人は、実際には自由の身だった。なんでもできたし、外で起きていることもみんなわかっていた。自分で牢獄から出ることもできただろう。鉄格子の間隔は1メートルもあったからだ。彼はもともと囚《とら》われてさえいなかったのだ。

（1920年の手記）

〔自分が生きていること〕

自分が生きていることが、自分の道をふさいでいるのだと、彼は感じている。そしてまた、自分の道がふさがれていることによって、自分が生きている証《あかし》を得ている。

（1920年の手記）

〔海辺の貝殻のように〕

海辺の貝殻のようにうつろで、ひと足でふみつぶされそうだ。

（日記ノート10 1915年3月23日）

〔人生からあらゆる快適さが〕

なにもかもだ。ごくありふれたこと、たとえばレストランで給仕をしてもらうようなことでさえ、彼は警察の助けを借りなければならない。これでは人生からあらゆる快適さが奪われてしまう。

（日記ノート12　1920年1月14日）

〔自由とは〕

彼はこの地上に囚《とら》われていると感じている。窮屈《きゅうくつ》なのだ。

悲しみ、弱さ、病気、囚人の妄想が、彼の胸中にあふれ出す。

どんななぐさめも、彼をなぐさめることはできない。

なぐさめはなぐさめでしかなく、囚われているという重大な事実の前では、
あまりにもろく、頭痛を起こさせるだけだからだ。

しかし、本当は何を求めているのかと問われても、彼には答えることができない。

なぜなら——これこそが彼という人間を最もよく表しているのだが——自由とはどういうものなのか、彼にはわからないのだ。


（1920年の手記）

〔家族〕

彼は自分の人生のために生きているわけではなく、自分の考えだけで考えているわけでもない。家族からの強制のもとで、生きて、考えているように、彼には感じられるのだ。

家族には生きる力や考える力が満ちあふれている。しかし、彼にとって家族は、彼にはわからない、なんらかの掟《おきて》によって、形式的に必要とされるものでしかない。

このよくわからない家族と、よくわからない掟のせいで、彼が解放されることはありえない。

（1920年の手記）

「プロメテウス」


伝説というのは、解き明かせないことを、なんとか解き明かそうとする。しかし、真実に基《もと》づいているからこそ、ついに解き明かせないままとなる。

プロメテウスについては、4つの伝説がある。

第1の伝説では、プロメテウスは神々の秘密を人間に漏《も》らしたため、神々によってコーカサス山脈の頂《いただき》の岩に鎖《くさり》で縛《しば》りつけられる。神々は鷲《わし》をつかわし、その鷲はプロメテウスの肝臓をついばんだ。プロメテウスは不死なので、肝臓は再生する。それをまた鷲がついばむということがくり返された。

第2の伝説によると、プロメテウスは痛みにたえかねて、鷲のくちばしを避けようとして、だんだん岩に身体《からだ》をめりこませていき、ついに岩と一体化してしまったという。

第3の伝説によると、何千年もたつうちに、彼の裏切りは忘れられた。神々も忘れ、鷲も忘れ、プロメテウス自身も忘れた。

第4の伝説によると、なんのためかもわからなくなったくり返しに、みんなうんざりしてしまった。神々もうんざりし、鷲もうんざりした。お腹《なか》の傷口さえ、うんざりしてふさがってしまった。

あとには不可解な岩だけが残った。

（八つ折り判ノートG）

〔死後の評価〕

ある人物に対する、後世の人たちの判断が、同時代の人たちの判断よりも正しいのは、その人物がもう死んでいるからである。

人は、死んだあとにはじめて、ひとりきりになったときにはじめて、その人らしく開花する。

死とは、死者にとって、煙突掃除人の土曜の夜のようなもので、身体《からだ》から煤《すす》を洗い落とすのだ。

同時代の人たちがその人物に与えたダメージと、その人物が同時代の人たちに与えたダメージと、どちらがより大きいかが明らかになる。

後者のほうが大きい場合、彼は偉大な人物であったのだ。

（1920年の手記）

〔書くことと祈ること〕

祈るように書く

（創作ノート1920年8月／12月）

〔沈黙〕

わかっただろう。
わたしの力には限りがある。
沈黙するよう、なにかが命じている。
さようなら。

（創作ノート　1920年8月／12月）

フランツ・カフカ
Franz Kafka

１８８３年7月3日、当時オーストリア＝ハンガリー帝国の領土だったボヘミア王国（現在のチェコ共和国）の首都プラハで、豊かなユダヤ人の商人の息子として生まれる（同じ年、日本では志賀直哉《しがなおや》が生まれている）。

大学で法律を学び、半官半民の労働者傷害保険協会に勤めて、サラリーマン生活を送りながら、ドイツ語で小説を書いた。

当時の人気作家だった親友のマックス・ブロートの助力で、いくつかの作品を新聞や雑誌に発表し、『変身』などの単行本を数冊出す。しかし、生前はリルケなどごく一部の作家にしか評価されず、ほとんど無名だった（『変身』が出版された１９１５年、日本では芥川龍之介《あくたがわりゅうのすけ》の『羅生門』が雑誌に掲載された）。

１９１７年、34歳のとき喀血《かっけつ》し、１９２２年、労働者傷害保険協会を退職する。

１９２４年6月3日、41歳の誕生日の１カ月前、結核で死亡（同じ年、日本では安部公房が生まれている）。

3度婚約するが、3度婚約解消し、生涯独身で、子供もなかった。遺稿として、3つの長編『アメリカ（失踪者《しっそうしゃ》）』、『審判（訴訟）』（夏目漱石《そうせき》の「こころ」と同じ頃に書かれた）、『城』のほか、たくさんの短編や断片、日記や手紙などが残された。

それらをブロートがそうとう苦労して次々と出版していった。ブロート自身は無報酬で、出版社から得るお金は、カフカの病気治療のために多額の借金をかかえていたカフカの両親と、同じく経済的に困窮していたカフカの最期《さいご》を看取《みと》った恋人にすべて渡していた。

ブロートは、1939年、ナチス・ドイツがプラハを占領する前夜に、カフカの遺稿を詰め込んだトランクを抱えてかろうじて逃げ出し、遺稿を守ったこともある。

最初の日本語訳が出版されたのは1940年（昭和15年）。白水社刊、本野《もとの》亨一《こういち》訳『審判』。6、7冊しか売れなかった（そのうちの1冊を高校生の安部公房が手に入れていた）。

今では世界的に、20世紀最高の小説家という評価を受けるようになっている。

しかし、カフカが本当に読まれるのは、むしろこれからだ。

編訳者解説――断片に魅せられて――

頭木弘樹

●断片こそ、カフカ!

カフカの作品はすべて好きだが、そのなかでも特にと言われると、なんといっても断片が好きだ。

カフカには、完成した作品の他に、たくさんの断片がある。短い、未完成な、小説のかけらだ。

普通なら、かけらより、完成した作品のほうがいい。ガラスのかけらより、グラスのほうがいい。端布《はぎれ》より、洋服のほうがいい。

しかし、カフカの場合はちがう。3つの長編(『アメリカ(失踪者《しっそうしゃ》)』『審判(訴訟)』『城』)もすべて未完であるように、カフカの作品は基本的に未完だ。「未完であるということは、カフカの作品にとってきわめて特徴的である、と言うよりもむしろその本質的な性格である」と、『決定版カフカ全集』(新潮社)第2巻の訳者解題で前田敬作も書いている。

ロダンのトルソ（頭や手足の欠けた彫刻）のように、カフカの断片には、完成した作品にはない、独特の魅力がある。

むしろ、断片こそがカフカと言ってもいいほどだ。

しかし、これまで、断片だけを集めた本がなかった。全集にはそういう巻もあるが、残念ながら全集は手に入りにくい状態だ。

文庫で断片を読めるようになれば、多くの人に新しいカフカの魅力と出合ってもらえるのではないか。初めてカフカを読む人にも、短編や長編は読んでいる人にも。そういう思いで、この断片集を編訳した。

いや、まずなにより自分が、カフカの断片を集め、訳してみたかったのだ。それくらいカフカの断片を愛している。

●断片愛

カフカの断片を好きなのは、私だけではない。

エピグラフでも紹介したように、フランスの作家モーリス・ブランショも、「カフカの主要な物語は断片であり、その作品の全体がひとつの断片である」と書いている

（『カフカ論』粟津則雄《あわづのりお》訳　筑摩書房）。

「カフカの未完成の作品や、書きそこないの断片の中には、かえって未完成の美が生じるようになったものがある」と、ドイツ文学者の藤戸正二《まさに》も書いている（『カフカ——その謎《なぞ》とディレンマ』白水社）。

作家の保坂和志《かずし》は、「カフカがノートに書き遺した断片がおもしろくて、自分もそういうことをしたくなった」と、たくさんの断片をランダムに並べた『カフカ式練習帳』という長編小説を書いている。さらに『カフカの断片』というタイトルの短編小説も書いている。

音楽のほうでも、作曲家のクルターグが『カフカ断章（カフカ・フラグメンツ）』という曲を作曲している。

なぜカフカの断片は魅力的なのか？

●断片という未来形

カフカの断片には、完成した小説を書こうとして未完に終わったもの、いつか書く小説のための覚え書き、とりあえず思いついたイメージをメモしたものなど、いろいろあるだろう。しかし、〝もともと断片というかたちでしか書けなかったもの〟もあると思う。

物語を書くとき、起承転結が大切とか、伏線の回収が大切とか、キャラクターの造形が大切とか、いろいろ言われる。たしかに、それらを大切にしていれば、完成度の高い作品ができる。

しかし、逆の言い方をすれば、起承転結といった物語のパターンにおさまるものしか書けないわけだ。たとえば落語は「落ち」があるため、起承転結の「結」が必要ない。物語の途中でも落ちを言えば終われる。そのため、結がないだけでなく、起承転にさえなっていない噺《はなし》もたくさんある。そこに落語ならではの面白さがある。物語が自由なのだ。

完成させなければというのは、ひとつの縛《しば》りでもあり、完成を目指すことをやめてしまえば、大きな可能性が広がることも、またたしかなのだ。保坂和志は『言葉の外へ』（河出文庫）の「まえがき」で、面白い言い方をしている。「最後まで書くことがカフカにとって至上命令ではなかったから、読者は書き手が陥《おちい》る『この小説を完成させねばならない』『この小説を完成させるためには（途中で前に進めなくならないようにするためには）ここではこうはしないでおいて、こういう風にしておこう』という義務的作業に基づく計算につき合わされることがない」

完成させようとすると、つじつまが合うように整えなくてはならない。そこで失われるものもある。それを失わないようにするほうが、じつは完成度が高いという言い方もできなくはないだろう。きれいに閉じられた作品より、不定形な開かれた作品のほうが、読み手の想像力もより思いがけないほうにひろがっていく。

作家のヨハネス・ウルツィディールは、「カフカが救い難く陥っているように見える、あの断片主義」と、よくないことのように書いているが（『カフカ論集』福永輝雄訳 国文社）、無理に完成させようとしなかったのは、むしろすごいことだと思う。

カフカはある自作について、こう書いている。

「これは断片であり、またいつまでも断片のままということになるでしょう、こうした未来形が、この章に最大の完結性を与えるのです」（クルト・ヴォルフへの手紙 1913年4月4日『決定版カフカ全集』第9巻 吉田仙太郎訳 新潮社）

●大きいけれど小さく、小さいけれど大きい

カフカの長編はどれも1行で言い表せる。『城』は「どうしても城にたどりつけない」話だし、『審判（訴訟）』は「何もしていないのに逮捕される」話だし、『アメリカ（失踪者）』は「10代の少年がアメリカに行く」話だ。『変身』も「ある朝、虫にな

ってしまう」話だ。

一方で、どんなに短い断片にも――たとえ1行の断片でも、そこにはなにか大きな世界がある。それは俳句とか短歌とか、そういうものにも似ているように感じる。短い言葉の中に無限がある。

松尾芭蕉《ばしょう》は俳句について、「物の見えたる光、いまだ心に消えざる中《うち》にいひとむべし」という言葉を残している（土芳《とほう》『三冊子《さんぞうし》』『新編日本古典文学全集88』小学館）。「現実をとらえることができたとき、そのイメージのひらめきが消えないうちに、書きとめろ」というような意味だろう。

カフカも、なるべく中断なしに、一気に書こうとしていた。いま頭のなかにあるイメージを、いますぐ、なるべく早く書く。断片には、そうして生まれたものが多いだろう。短いことには、一気に書けるというよさもある。

作家の大江健三郎は「短編小説の可能性」という安部公房との対談で、「カフカは、イメージの世界に関するかぎり、まったくつねに完成している作家ですね」と語っている（『安部公房全集』19巻　新潮社）。

断片という形式が、イメージをしっかり書きとめるのに、適してもいるのだろう。

●断片を愛する作家たち

断片という形式に行き着く作家はカフカだけではない。

歌人の石川啄木は、『食《くら》ふべき詩』でこう書いている。

「断片的でなければならぬ。――まとまりがあってはならぬ」(『石川啄木全集』第4巻 筑摩書房)

宮沢賢治もこう書いている。

「永久の未完成これ完成である」(『新校本 宮澤賢治全集』第13巻上「覚書・手帳 本文篇」筑摩書房)

川端康成については、ドイツ文学者の三原弟平《おとひら》がこう書いている。

「カフカや川端にあって驚くべきは、あの方解石的特質である。すなわち、いかに小さな断片も、それ自体ですでに一個の完結性をもってしまっている」(『カフカとサーカス』白水社)

川端康成は『掌の小説』(新潮文庫)という断片的な小説をたくさん書いていて、私も愛読している。

ドイツの詩人・小説家のゲースは、「完全無欠なるものは素晴らしい――しかし愛を喚《よ》び起こすものは断片的なものである」と、手記『呼び声と反響』で書いている

（熊田力雄「ゲース　人と作品」『カロッサ　カフカ　シュティフター　ゲース』主婦の友社）。

多くの作家が、断片だからこそできることに魅せられている。

そのなかでも、カフカはとくに突出している。

●カフカの作品のほとんどは遺稿

断片は、そのままのかたちでは、発表が難しかっただろう。本や雑誌に載せるとなれば、完成を求められたかもしれない。しかし、遺稿であったため、断片のまま出版された。おかげで私たちは、カフカの断片を読むことができる。

カフカの作品は、その多くが遺稿だ。生前に発表された作品はごく一部にすぎない。新潮社の『決定版カフカ全集』は全12巻だが、生前に発表された作品はすべて第1巻に収まっている。しかも、第1巻は全集の中で最も薄い巻だ。生前に発表された原稿は、全体の12分の1以下ということになる。第7巻は日記で第8巻から第12巻は手紙なので、それらを別にしても、6分の1以下ということになる。

残りの6分の5以上はすべて遺稿なのだ。そして、それらのほとんどは未完の作品だ。3つの長編、『アメリカ（失踪者）』『審判（訴訟）』『城』もすべて遺稿で、先にも書いたように、すべて未完だ。

ただ、未完だから、それだけ劣るということはない。「彼の作品はすべて中断される可能性をもち、また任意に続けることもできる。断片がカフカの完成しうる唯一《ゆいいつ》の形式とさえいえよう」と、ドイツ文学者の城山良彦が書いているように(「カフカ――序にかえて」『カフカ論集』国文社)、未完であることこそ、断片であることこそ、カフカらしさなのだ。

3つの長編もまた、巨大な断片であり、断片としての魅力を持っている。

●どういう作品を選んだのか

だから、この『カフカ断片集』に、3つの長編も入れていいわけだが、さすがにそれはできないので、今回は短いものばかりを集めてある。そもそも、カフカの断片は、このように短いものがほとんどだ。

生前に発表された作品の中から、『木々』『法の前に』『夢』の3つを選んだ。これらはカフカによって、完成作品として発表されたものだが、断片的な作品でもある。

他はすべて遺稿だ。小説の断片がほとんどで、断想(カフカ自身の気持ちや考え)も少し入れた。カフカの場合、小説の断片なのか断想なのか、区別のつきにくいものも多い。カフカ自身、日記に小説を書いたり、創作ノートに日記を書いたりしている。

ただ、あきらかに日記や手紙とわかるものは入れなかった（日記や手紙の言葉は、同じ新潮文庫の『絶望名人カフカの人生論』のほうで紹介している）。なお、わずかだが、断片のさらに一部分だけを取り出したものもある。

遺稿の膨大な断片のなかから、いったいどういう基準で作品を選んだのか？

じつは、私の好きな断片を選んだ。

「そんな恣意《しい》的な選び方なのか！」と怒る方もおられるかもしれない。しかし、訳す人間が情熱を持っていることは、翻訳においてとても大切だと思う。歌でも、踊りでも、料理でも、情熱のあるなしで、受ける感動はずいぶんちがってくる。

私が訳す以上、私が好きな断片を訳すのがベストだと思った。自分という木になる実として、最上のものを目指すしかない。

カフカの断片には、私にもわけがわからないものが少なくない。そういうものを、わからないまま字面《じづら》だけで訳すと、原文のわからなさに、訳者のわからなさまでが加味されて、原文のわからなさを味わうことすらできなくなる。ロバート・キャパの「ちょっとピンぼけ」な写真を、さらにピンぼけでスキャンしてしまうようなものだ。

断片をどう配列したのかも、じつは私の好みでやった。書かれた順を基本に、少し順番を変えてある。「好みとかではなく、客観的な基準で配列すべきだ」と思う人もいるだろうし、まったくそのとおりだ。ただ、たとえば「恋愛」「友情」「人生」といったふうに断片を分類するのは、カフカの場合、やってはいけないことだと思った。断片のイメージを限定することになってしまうからだ。せっかくの断片の自由さがそこなわれてしまう。もし機械的にランダムに配列できたとしたら、それがいちばんよかったかもしれない。

だから、章分けすらしなかった。ただ、1冊のうちにまったく区切りがないというのも、恵方《えほう》巻《ま》きのようで食べにくいので、箸休《はしやす》めとして途中にイラストを7枚入れた。すべてカフカ自身が描いたものだ。断片と絵には何の関係もない。どちらもカフカの作品というだけだ。カフカの絵は、当時は評価されなかったようだが、今なら人気イラストレーターになれるのではないだろうか。とても魅力的な絵だと思う。カフカの絵を集めた『カフカ素描集』(みすず書房)という本も2023年に刊行された。

短い断片でも、1ページにひとつしか載せないようにして、なるべく余白を大きくとった。これはカフカが自作を出版するときに、余白を大きくとってくれるよう、出版社にいつも頼んでいたからだ。たとえば『判決』という短編について、こういう手紙を出版社に送っている。「非常に小さいものですが、やはり小説というよりは詩でありまして、まわりにゆったりした空間が必要です」(クルト・ヴォルフ書店宛《あて》　191

6年8月14日『決定版カフカ全集』第9巻　新潮社）

活字も大きめにしてある。カフカの希望は「可能なかぎり、最大の活字を」（ローヴォルト書店宛　1912年9月7日　前掲書）で、絵本のような大きさを求めているのだが、さすがに文庫でそうもいかないので、可能な範囲とし、余白のほうを優先した。

というわけで、本書は、最初から最後まで順番に読まなければならないようなものではない。好きなところから読んでほしい。たまたま開いたページから読むのもいいだろう。そして、そこにある断片を、ひとつずつじっくり味わってみてほしい。

●作品のタイトルについて

カフカが生前に発表した作品には、カフカがタイトルをつけている。遺稿の断片に関しては、ほぼタイトルはついていない（今回収録した『コメント』のように、つけてあるものもある）。

カフカの遺稿を出版した、親友のマックス・ブロートが、断片のいくつかにタイトルをつけている。その場合は、それを用いた。

それ以外の断片には、タイトルがない。そこで、私が仮にタイトルをつけた。これも、「なにを勝手なことをしているんだ！」と非難されてもしかたないのだが、タイトルがないと、その作品を指し示すのにやはり不便だ。番号でもいいのだが、わかりにくい。また落語の話になるが、落語の演目にも最初は名前がなかった。それでは不便なので、楽屋で符丁《ふちょう》で呼ばれるようになった。骨を釣る噺だから『骨《こつ》つり』とか。その要領で、へんにこったタイトルにはせず、断片の中の言葉を使って素直につけた。符丁と思ってほしい。

カフカ自身がつけたタイトルには『　』を、ブロートがつけたタイトルには「　」を、私が仮につけたタイトルには〔　〕をつけて、区別がつくようにした。

●作品解説

作品のひとつひとつについて解説すべきだが、今回はなにしろ収録数が多いので、すべてについて解説することはできない。そんなことをしたら、本文より解説のほうが長くなりかねないからだ。

そこで、カフカが生前に発表した作品と、ブロートがタイトルをつけた作品についてだけ解説しておくことにする。

●『木々』Die Bäume

カフカは生前ほとんど無名だったが、親友のブロートは人気作家だった。そのブロートの尽力《じんりょく》で、カフカは初めて本を出せることに。それまで書きためた短い作品の中から本に載せるものを選ぶことになった。しかし、カフカは却下《きゃっか》してばかりで、どんどん減っていき、ブロートがとめなければ、何もなくなりそうだった。けっきょく、「カフカが出版の価値ありとして選び出した作品の量は、まるで嘘のようにわずかなものだった」（マックス・ブロート『フランツ・カフカ』辻瑆《ひかる》、林部圭一、坂本明美共訳　みすず書房）。

そうして、なんとか出版にこぎつけたのが、カフカの最初の本、『観察』（1912年）だ。『木々』はその中の1編。執筆時期は1904年か1905年（カフカは20〜22歳）。もともとは『ある戦いの記録』という作品の一部。つまり、もっと長い作品の断片なのだ。それをカフカは取り出して、独立した作品とした。

数行の作品だが、大地につながってなさそうで、つながっている、つながっていそうで、つながっていない、そういう人間の存在の不安が見事に描かれているのではないだろうか。

出版を迷ったカフカだったが、いざ出るとうれしくもあったようで、カフカの知人がこう書いている。「最初の本『観察』がヴォルフのところで出たとき、彼（カフカ）

はわたしに言った、『十一冊、アンドレ書店で売れました。十冊はわたしの買ったもの。ともかく十一冊目の持ち主がだれだか知りたいですね』、そう言いながら彼は満足げに微笑《ほほえ》んでいた」(『回想のなかのカフカ　三十七人の証言』ハンス＝ゲルト・コッホ編、吉田仙太郎訳　平凡社)

アンドレ書店というのは、カフカの住んでいたプラハの書店だ。

カフカは恋人に『観察』を送り、その手紙にこう書いている。

「ぼくのあわれな本に、どうかやさしくしてやってください！」(フェリーツェへの手紙　1912年12月10〜11日)

ちなみに、『観察』の初版は800部で、3年たっても半分近く残っていて、売り切るまでに12年かかった。

●『法の前に』Vor dem Gesetz

未完の長編小説『審判(訴訟)』(主に1914年8月から1915年1月にかけて執筆)の「大聖堂にて」という章で、僧が語る物語。つまり、この作品は長編の断片なのだ。『審判』は未発表のまま遺稿となったが、カフカはこの物語だけを独立させて、短編として雑誌に発表し、短編集『田舎医者』(1920年刊行)に入れた。

原題の Vor dem Gesetz は、英訳だと Before the Law で、シンプルなタイトルだが、日本語に訳すとなると迷う。Gesetz（ゲゼッツ）をどう訳すかだが、国などが定めた法律という意味もあれば、もっと一般的な世の中の法、宗教的な戒律、集団の掟《おきて》、自然科学的な法則（重力の法則とか）などの意味もある。

『審判』が日本で初めて訳されたのが昭和15年（1940年）で、訳者の本野亨一《もとのこういち》は、Gesetz を「掟」と訳している。次の昭和28年（1953年）の『カフカ全集』第2巻（新潮社）の『審判』でも訳者の原田義人《よしと》は「掟」と訳している。

そして、短編としては、同じく昭和28年の新潮社の『カフカ全集』第3巻が初訳で、訳者の手塚富雄はタイトルを『掟の門』と訳した。以後、多くの邦訳はこれに類したタイトルとなっている。『掟の門』というのは、とても魅力的なタイトルで、私もこのタイトルで作品を知った。すでに定着した有名なタイトルがある場合は、それを踏《とう》襲《しゅう》したほうがいいと私は思っている。

そのため大いに迷ったが、「法」という言葉がいちばん意味が広いと思うので、『法の前に』にしてみた。小説の本文の最初も「法の前に」で始まる。

この作品の解釈は、それこそ山のようにある。すべてを見わたすのが難しいほどだ。できれば、そのどれかに出合う前に、純粋にこの作品と出合ってもらえたらと願う。

世の中の法則をとらえたような作品なので、「この作品はこう解釈するのが正しい」というひとつの正解はありえない。万有引力の法則は、リンゴが落ちるときにもあてはまれば、鳥のフンが落ちるときにも、月と地球の関係にもあてはまる。「ニュートンはリンゴが落ちるのを見てこの法則を発見したのだから、リンゴにあてはめるのが正解だ」という主張には意味がない。いろんなところにあてはめてこそ意味がある。

文学の場合も同じことだ。そして、まずは自分の場合にあてはめてみるのがいちばんではないかと、個人的には思う。これはカフカの作品全般に言えることだし、文学作品全般に言えることだと思う。

●『夢』Ein Traum

ヨーゼフ・Kは『審判（訴訟）』の主人公の名前で、これももともとは『審判（訴訟）』の一部として書かれた。カフカはこの断片を独立した短編として、他の作家との文集や新聞で発表し、短編集『田舎医者』に入れた。

1910年12月15日の日記にカフカはこう書いている。

「ぼくはまるで石でできているようだ。自分の墓石のようなものだ」

「ただ漠然とした希望があるだけだ。だがそれも、墓石に刻まれた墓碑銘以上のものではない」

墓石とか墓碑銘といったイメージがずっとあり、それがこの作品となったようだ。カフカの作品はよく「夢のようだ」と言われるが、まさに『夢』を描いた作品で、流れていく道の上をすべって行ったり、普通の鉛筆で石に金文字を彫りつけたり、墓の穴に吸い込まれていったり、夢らしいイメージがとても鮮やかだ。

私は「天気がいいので、散歩をしようと思った。ところが、ほんの二、三歩で、もう墓地にいた」という出だしの一節が、とても好きだ。

「その光景にうっとりとして、彼は目をさました」というラストもいい。

●『コメント』Ein Kommentar

1922年晩秋の作品。生前は未発表。

カフカ自身が草稿でタイトルをつけているが、ブロートは短編として発表するときに「あきらめなさい！(Gibs auf!)」というタイトルに変更している。物語の中の警察官の言葉だ。『コメント』ではわかりにくいと思ったのかもしれない。邦訳では『ある注釈』と訳されることもある。

私は「ひとりで笑おうとする人のように」という表現がとても好きだ。

●「こま」Der Kreisel

1920年の晩秋の作品。生前は未発表で、無題。「こま」はブロートがつけたタイトル。

「きわめて些細《ささい》なことでも、それを本当に認識すれば、すべてを認識したことになる」という、この哲学者の考え方は、今なら、素粒子《そりゅうし》という最も小さいものの研究によって、宇宙という最も大きいものの謎が解明されていく、科学の話を思い浮かべる人もいるかもしれない。

この考え方は、カフカ自身の文学についての考え方にも近いものだ。カフカは大きな題材はあつかわない。世界情勢を俯瞰《ふかん》したような壮大な物語や、何世代にもわたる群像劇などは書かない。ブロートへの手紙にカフカはこう書いている。「もっと大きなことで自分を試そうとするべきだ、と君は言う。たしかに、そうかもしれない。だが、大小で決まることでもないだろう。ぼくは、ぼくのねずみ穴の中でも自分を試せるはずだ」（1922年9月11日）

実際、カフカは自分の家庭や職場という限られた体験の中で小説を書き、しかしその作品に描かれていることは、世界のどこのどんな大きなことにもあてはまる。

ただ、小さいことなら、本当に認識できるかと言えば、そんなことはない。「まだ回っているあいだに、こまをつかまえることができたら、彼は幸福なのだ」が、つかまえれば回転は止まってしまうので、それはただの木のおもちゃでしかなくなる。真実はつかめそうで、つかめない。永遠に。

なお、最後の「鞭《むち》でたたかれたこまのように」というのが意味不明だった人もいるかもしれない。こまというのは、ヒモを巻き付けておいて、地面に投げると同時にヒモを引き、勢いよく回転させるものだが、その後、回転しているこまの側面を鞭のようなものでたたいて、回転速度を上げるというやり方もある。鞭ごま、ぶちごま、たたきごま、不精《ぶしょう》ごまなどと呼ぶそうだ。

●「橋」Die Brücke

「わたしのからだは硬《かた》くて冷たい」という出だしで、読むほうは「死んでいるのか?」と思うと、そうではなく、「わたしは橋だ」なのだ。

「わたしは○○だ」というかたちで、小説はどんなものでも語り手にして書くことができる。人間に限らない、「私はうさぎだ」などと動物でもかまわない。しかし、「わたしは橋だ」というのは珍しいだろう。

この橋を男性に訳している場合と女性に訳している場合があるが、私はどちらとも限定しないように訳した。旅人に関しても、通常は男性として訳されるが、橋はその正体を見ていないので（見るためにふりかえって、落ちているので）、やはりどちらとも限定しないように訳した。

なお、「上着」と訳している Rock は、一般的には「スカート」という意味だが、ここでは「上着」という意味だと思われる。既訳でも意見が分かれているが、「上着」と訳してある場合のほうが多く、とくに英訳はそうだ。

生前は未発表で、八つ折り判ノートB（執筆時期は1917年1月から2月）の最初に書かれている。カフカはタイトルをつけていなかったが、ブロートが「橋」というタイトルをつけて、短編として発表した。

なお、ブロートはカフカの草稿を清書するときに、見間違いをしている。カフカが「体操選手（Turner）か？　命知らず（Waghalsiger）か？」と書いているところを、「幻影（Traum）か？　追いはぎ（Wegelagerer）か？」と変えてしまっている。単語の見た目が似ているし、幻影かと思うシーンでもあるし、山の中だから追いはぎが出てもおかしくないと思ったのだろう。今回はカフカが書いたそのままに訳しておいた。既訳とちがうと思った人もいるかもしれないが、そのためだ。

●「夜」Nachts

執筆時期は1920年晩秋。生前は未発表で、カフカの死後にブロートが短編として発表した。そのとき「夜」というタイトルをつけ、最後の文がコンマで途切れているのを、ピリオドに変えて整えている。当時、カフカはまだほとんど無名だったので、その作品を発表する上で、なるべく作品が完成しているように見せかけるのは、やむをえないことだった。今はその必要はなく、カフカの未完を楽しんでもらえる時代となったので、今回の訳では原文のままとした。

不思議な話だが、なんとなくわかる気のする人も多いだろう。家の中で守られて寝ていても、人にはどこか根源的な不安がある。かつて、どこかの荒野をさまよっていたような、いつかまたそうなってしまうような。そんな場所では、安心して眠ることも難しい。見張りとして自分が起きていなければならないのだ。

●「プロメテウス」Prometheus

カフカの生前は未発表で、ブロートが短編として発表した。執筆されたのは1918年1月。

プロメテウスはギリシア神話の登場人物。プロメテウス自身も神だが、天上の火を盗んで人間に与えたため、神々の王・ゼウスの怒りをかって、この作品で書かれているように、肝臓を鷲《わし》についばまれる苦痛をずっと味わわされるという、おそろしい罰を受ける。

「第1の伝説」はそのギリシア神話どおりの内容。第2から第4は、カフカの創作だ。冒頭の「伝説というのは、解き明かせないことを、なんとか解き明かそうとする。しかし、真実に基《もと》づいているからこそ、ついに解き明かせないままとなる」という文章を、ブロートは末尾に移動させたが、今回はカフカが書いたままにした。

宇宙はなぜ存在するのかというような、解き明かせない謎を、「それは神が創造した」というふうに解き明かそうとするのが伝説だ。しかし、どうしても完全には説明できないことが残る。

真実をとらえることは難しく、不可能でもあるが、それでも人はそれを追い求める。

●八つ折り判ノート

「八つ折り判ノート」からの断片が多いので、その執筆時期だけは書いておこう。AからHまで8冊あって、書かれたのは1916年暮れの冬から、1918年2月末のあいだだ（マルコム・パスリー／クラウス・ヴァーゲンバッハ「カフカ全作品の成立時期」『カフカ＝シンポジウム』吉夏社）。

●なにがなんだか、さっぱりわからない

本書の断片を読んで、「なにがなんだか、さっぱりわからない」と感じる方も少なくないだろう。

それは、あなたの読解力の問題ではない。私もそうだった。私だけでは読解力の問題に思えるかもしれないが、カフカを最も読み込んでいる作家のひとりである、あのボルヘスでさえ、こう告白している。

フランツ・カフカという署名のある一篇の寓話《ぐうわ》は、私には、まだ若い従順な読者であったにもかかわらず、言いようもなく無味乾燥なものに思われた。長い年月を隔てたいま、私は敢《あ》えて自分の弁解の余地のない文学的鈍感さを白状する。啓示を前にしていながらそのことに気がつかなかったのだから。

（『バベルの図書館4カフカ』序文　土岐《とき》恒二《こうじ》訳　国書刊行会）

日本で最初にカフカの『城』を訳し（萩原芳昭との共訳）、『決定版カフカ全集』で『審判』を訳した、ドイツ文学者の中野孝次も、最初にカフカの小説を読んだとき、思わずこう言ったそうだ。

「なんだこりゃ、読んでもちっとも理解できやしない、これでも小説かね。それでいてここにはなにかがある。おそろしく尖鋭《せんえい》な現代の生存感覚があるって気がするんだから、いらいらするなあ。」

（「海の歌」『夜の電話』文藝春秋）

だから、わからなくても気にする必要はない。

●何かあったときに思い出せる言葉

しかし、わからないものを、なぜ読まなければならないのか？

それは中野孝次が言うように、「それでいてここにはなにかがある」からだろう。

何かを経験したときに、カフカの言葉がふっと思い出されることがある。そして、急にその意味がわかる気がすることがある。

たとえば私の経験だと、「幸福とは恐怖をもたないことだ」という意味の、カフカの日記の言葉が、最初は理解できなかった。恐怖がないだけでは、ニュートラルということで、幸福とまでは言えないのではないか。そう思っていた。ところが、難病になって10年くらい経《た》ったときに、ある日、苦痛のない日があった。たいへんな幸福感に包まれた。そのとき、この言葉を思い出した。なるほど、恐怖を長く感じつづけている者にとって、恐怖がないのはこんなにも幸福なことなのかと実感できた。それをさらっと書いているカフカは本当にすごいと思った。

そんなふうに、意味のわからない言葉でも、読んでおくと、あとで何かあったときに思い出せる。そして、思い出せる言葉があると、自分に何が起きたのか、より理解できるし、こういう現実にぶつかったのは自分だけではないと、孤独にならずにすむ。そして、言葉にできないもやもやした思いを、言葉にしてもらえるのは、とても救われる場合がある。

作家の島尾敏雄《としお》も、こういうカフカの読み方を推奨している。

今自分が遭遇している事件を強く意識してみることです。たとえばどんなに小さな事件であっても差し支えないのですが、そうして読むと、中に彼のアフォリズム

の背後にひそむ事件と自分の事件が或《あ》る感応を示し合う瞬間が起こって、その時に
その言葉は甚《はなは》だしく輝いてくるように思えます。
（「カフカの癒やし」『カロッサ　カフカ　シュティフター　ゲース』主婦の友社）

その言葉の輝きを経験すると、やみつきになる。

自分が人生の問題にぶつかったとき、カフカを読むと、坑道のカナリアのように、
カフカはもう先に苦しんでくれているのだ。

アメリカの詩人、W・H・オーデンもこう言っている。

「誰よりもカフカをあげなければならない……彼がそれほどわれわれにとって重要なのは、彼の問題のすべてが、われわれの問題だからである」（ハンス＝ゲルト・コッホ編『回想のなかのカフカ　三十七人の証言』吉田仙太郎訳　平凡社）

●共感と驚異

この『カフカ断片集』の訳文を新潮社の担当編集者の鈴木大雅さんに送ったとき、
こういう返信が来た。
「個人的に最も心に残った断片は、〔準備不足〕でした。前半の準備不足を説明して

いる部分は、かなり共感が出来てぐっと距離が近づくのですが、後半部分の『そういうわけで〜』から状況が突飛すぎて、一瞬でカフカとの距離が離れていくようでした」

これを読んで、カフカの作品というのは、本当にそうだなあと思った。すごく共感できるようになっても、わからないところが必ず残る。

島尾敏雄もこう書いている（前掲書）。

「とにかくカフカの言葉のわからなさは、螺旋《らせん》階段をのぼって行くような謎のめくらめきがあります。混沌《こんとん》に包まれているけれども、究極はのぼりつめて到達のできる謎のようです。到達といっても、いつまでもぐるぐる廻《まわ》っていて到達できない状況を含んでの到達ではありましょうが」

共感の階段をのぼっていけるのだが、いつまでも完全に到達することはない。

歌人の穂村弘《ほむらひろし》が、『短歌という爆弾』（小学館）という本で、「共感と驚異」ということを書いている。

「短歌が人を感動させるために必要な要素のうちで、大きなものが二つあると思う。それは共感と驚異である。共感とはシンパシーの感覚。『そういうことってある』『その気持ちわかる』と読者に思わせる力である。（中略）驚異＝ワンダーの感覚とは、

『いままでみたこともない』『なんて不思議なんだ』という驚きを読者に与えるものである」

まさにカフカにも、共感と驚異があるのではないだろうか。

カフカ論を書いたハインツ・ポーリツァは、「言語芸術家としてカフカは断片を、トリックといわないまでも、方法として使うのであり、それによって作品を現実と超現実との中間に位置させる」と指摘している（城山良彦「カフカ――序にかえて」『カフカ論集』国文社）。

ともかく、カフカの言葉のすべてが理解できなくても、気にする必要はない。その驚異を楽しめばいい。完全には理解できなくても――いや、だからこそ、カフカの言葉はつねに心に刺さり、響きつづける。

島尾敏雄もさらにこう書いている（前掲書）。

「おそらく彼の作品の行間から訴えかけてくる鋭い言葉が、全体の見通しはつかぬままに、私に突き刺さっていたのです。そしてその突き刺さりは、結果として或る救いと言ってもいいほどに、慰《なぐさ》めを含み、心のむすぼれを解きほぐしてくれていたのです」

●ブックガイド

本書に収録した以外にも、カフカの断片はまだまだたくさんある。ブックガイドもかねて、カフカの断片の原文や邦訳を読むことができるサイトや本を紹介しておこう。

「The Kafka Project」http://www.kafka.org/
——カフカの原文を公開しているサイト。

「Projekt Gutenberg-DE」https://www.projekt-gutenberg.org/
——パブリック・ドメインになったテクストを公開しているサイトで、カフカの原文も公開されている。

カフカのドイツ語の全集は3種類ある。

Kafka, Franz : Gesammelte Werke. Hg. von Max Brod, Frankfurt a. M. 1950ff.
——ブロート版カフカ全集。カフカの親友のブロートが編集したもの。カフカの遺稿はほとんどが未完成な草稿なので、そのままでは読みにくいため、なるべく読みやすくするという方針で、たとえば短編だけを抜き出して集めるなどの編集がなされている。

Kafka, Franz : Schriften, Tagebücher, Briefe. Kritische Ausgabe. Hg. von Jürgen Born, Gerhard Neumann, Malcolm Pasley und Jost Schillemeit, Frankfurt a. M. 1982ff.
――批判版カフカ全集。「批判」というのは「新たに文献学的な校訂を加えた」という意味。研究者のマルコム・パスリーらが編集したもの。できるだけ手を加えずに、カフカが書いた通りを提示する、という方針で編集されている。

Kafka, Franz : Historisch-Kritische Ausgabe sämtlicher Handschriften, Drucke und Typoskripte. Hg. von Roland Reuß, Peter Staengle, Michel Leiner und KD Wolff, Basel/Frankfurt a. M. 1995ff.
――史的批判版カフカ全集。カフカの草稿を写真に撮ってそのまま載せるという、写真版全集(「史的」というのは「当時の表記のままで」という意味)。批判版でもまだ手を加えすぎということで、まったく手を加えずに、オリジナルをそのまま見せるという究極の全集。草稿の写真が入ったCD－ROMも付いている（最初の出版社が倒産し、別の出版社が引き継いだが、CD－ROMが付かなくなった）。

日本でのカフカ全集は、これまで3回出ている。

『カフカ全集』全6巻　新潮社　1953年～1959年

――まだ日本ではカフカがあまり知られていなかったときに出版され、この全集をきっかけにカフカは日本で知られるようになっていった。断片は、主に第3巻と第4巻に収録されているが、他の巻にも少しずつ入っている。

『決定版カフカ全集』全12巻　新潮社　1980年～1981年

――カフカが世界的に有名になり、研究も進み、満を持して、今度は「決定版」を作ろうという熱い情熱で作られた全集。今でも、日記や手紙まで読めるのはこの全集だけ（第7巻～第12巻）。小説に関しても、別バージョンなどの異文はこの全集でしか読めないものがたくさんある。断片は、主に第2巻と第3巻に収録されているが、他の巻にも少しずつ入っている。なお、日記の巻は、2024年4月にみすず書房から復刊された。また、私が編者の『決定版カフカ短編集』（新潮文庫）は、この全集の短編の翻訳を文庫化したものだ。

『カフカ小説全集』全6巻　白水社　2000年〜2002年
——批判版カフカ全集の邦訳。池内紀《おさむ》の個人訳。小説のみの全集で、日記や手紙は含まれない。2013年に『ミレナへの手紙』のみ、別に刊行された。なお、批判版カフカ全集は、本文と資料と2巻セットだが（異文などは資料の巻に収録されている）、本文のみの翻訳。断片は、第5巻と第6巻に収録されている。

以下は、単行本や文庫で、断片が収録されているものだ。

『カフカ　実存と人生』辻瑆編訳　白水社　1970年
——創作ノートや日記などから、「アフォリズムと（中略）アフォリズム的表現と（中略）メモや作品の発端」を選び出したという本で、断片も含まれる。おそらく、こうした編書としては最初のものだと思う。2024年5月に新装復刊。

『夢・アフォリズム・詩』吉田仙太郎編訳　平凡社ライブラリー　1996年
——アフォリズムを中心に、「作家の見たという夢の記述と、主として自作と思われる詩」を集めた本で、断片も含まれる。この本は、電子書籍版もある。

『カフカ・セレクション』全3巻　平野嘉彦編訳　柴田翔、浅井健二郎訳　ちくま文庫　2008年
——カフカの中短編をテーマ別に編集した本で、「短いものから長いものへと、次第に順を追って配置してある」という面白い趣向で、それぞれの巻の最初のほうに断片も少し収録されている。なお、カフカ自身がタイトルをつけていない作品に関しては、本文の冒頭部を仮のタイトルにしてある。仮のタイトルをつけたほうがいいというのは、この本を見て感じたことだ。

『カフカノート』高橋悠治著　みすず書房　2011年
——これはちょっと特殊な本。著者の高橋悠治は世界的に有名なピアニストであり作曲家。彼が構成・作曲を手がけた舞台「カフカノート」にむけて書かれた楽譜、対訳台本、制作ノートが収録されている。高橋悠治が翻訳したカフカの断片を集めた本と

して読むことも可能だ。

●最後に

小さな文庫本が生まれるにも、さまざまな助けが欠かせない。この場を借りて、謝辞を述べさせてもらいたい。

ドイツ語の訳文の校正は、知人の校正者、岡上容士《おかのうえひろし》さんに担当してもらえたので、より正確な訳文にすることができた。英訳も岡上さんのおかげで多数参照でき、参考になった。その他にもいろいろ助けていただいた。また、いくつかの箇所の解釈に関しては、岡上さんを通じて、海外や日本で長年、翻訳や通訳をしておられる中田和子さんにご意見をうかがうことができ、とてもありがたかった。

カフカの断片だけを集めた本を編訳するというのは、私の念願だった。その機会を与えてくださった新潮文庫の佐々木勉さん、担当してくださった編集者の鈴木大雅さんに深く感謝している。装幀、校正、ＤＴＰ、印刷、製本、流通、書店などの関係者の方々にも、つねに感謝の気持ちでいっぱいだ。

そして、いま本書を手にしてくださっている皆さまに、心から御礼申し上げたい。読んでくださる方がいてこそ、本は成り立つ、本が本になる。そして、皆さまの手の中で古びていくことこそ、本の幸福だ。

カフカが亡《な》くなった年に生まれた作家の安部公房は、こう語っている。

「僕のなかでカフカの占める比重は、年々大きくなっていきます。信じられないほど現実を透視した作家です。(中略)カフカはつねに僕をつまずきから救ってくれる水先案内人です」(『死に急ぐ鯨たち』新潮文庫)

そしてさらに、「カフカを読まないということは残念で不幸なことだよ」とまで言っている(「カフカの生命」『安部公房全集』27巻 新潮社)。

私も本当にそうだと思う。カフカに出合っていなかったとしたらと思うと、ぞっとするほどだ。

最後に、カフカが本について語った言葉を紹介しよう。これらの言葉は、カフカ自身の作品にもぴったりあてはまる。どちらも友人への手紙のなかの言葉だ。

自分の城の中にある、自分でもまだ知らない広間。
それを開く鍵《かぎ》のような働きが、多くの本にはある。
(1903年11月8日 オスカー・ポラックへの手紙)

ぼくらはそもそも、
自分を咬《か》んだり刺したりする本だけを読むべきではないだろうか。
ぼくらが読んでいる本が、
頭をガツンと一撃して、ぼくらを目覚めさせてくれないなら、
いったい何のために、ぼくらは本を読むのか？

本とは、
ぼくらの内の氷結した海を砕《くだ》く
斧《おの》でなければならない。

（1904年1月27日　オスカー・ポラックへの手紙）

カフカの断片を読むのは初めてという人も多いだろう。まだ読んだことのないカフカ、小説のかけらのきらめきを、ぜひ楽しんでいただきたい。

（令和六年三月、文学紹介者）

この作品は訳し下ろしの新潮文庫オリジナルです。

Author: Franz Kafka

カフカ断《だん》片《ぺん》集《しゅう》

海辺の貝殻のようにうつろで、
ひと足でふみつぶされそうだ

新潮文庫　カ－1－5

令和六年六月一日発行
令和六年十月二十五日六刷

編訳者　頭《かしら》木《ぎ》弘《ひろ》樹《き》
発行者　佐藤隆信
発行所　株式会社新潮社
郵便番号　一六二―八七一一
東京都新宿区矢来町七一
電話　編集部(〇三)三二六六―五四四〇
　　　読者係(〇三)三二六六―五一一一
https://www.shinchosha.co.jp

価格はカバーに表示してあります。

乱丁・落丁本は、ご面倒ですが小社読者係宛ご送付ください。送料小社負担にてお取替えいたします。

印刷・錦明印刷株式会社　製本・錦明印刷株式会社

ISBN978-4-10-207107-6 C0197